静かな小舟

PASCAL
QUIGNARD
collection

パスカル・キニャール・コレクション

静かな小舟〈最後の王国 6〉

小川美登里 訳

水声社

責任編集
小川美登里
桑田光平
博多かおる

目次

1（乳飲み児たちを乗せた船）

抜け落ちてしまった言葉を求め、わたしは一生を費やしたことだろう。文人とは何者か。言葉がその手をすり抜け、跳躍し、逃げ去り、意味を失うのを目撃する人のことだろう。言葉は見慣れぬその形態の中でほんの少しだけ身震いしながらも、結局はそこに身を落ち着ける。語りもせず、身を潜めもしない。ただ、休むことなく合図を送るだけだ。ある日、ブロッホとワートブルグ編纂によるフランス語辞典で、「霊柩車《コルビヤール》」という単語の語源を探していたとき、かつて乳飲み児たちを運ぶ川舟が存在したことをわたしは知った。翌日、当時まだパリ二区のリシュリュー通りにあった国立図書館へ行った。マザラン卿の官邸だった場所だ。そこで港の歴史を調べた。すると一五九五年、一六七九年、一六九〇年という三つの年号が目に止まった。一五九五年、コルベイユ村の人々は毎週火曜と金曜にパリに来ていた。荷を降ろし終えた船頭たちは、次に、産衣を頑丈に巻きつけられた姿で身動きできず、桟橋の小屋に放りっぱなしにされた乳飲み児たちを陸揚げした。赤子たちは砂浜におかれた樽の上に並べられた。そして、乳飲み児たちの運搬人と呼ばれた男の手から、産衣の枷《かせ》の中の幼い嬰児たちがようやくひとりずつ母親の元に戻されたのである。翌朝、つまり毎週水曜と土曜には、畑や森に住む乳母たちの乳首に吸いつき、その母乳を飲むために、別の赤子たちが明け方早々、パリからコルベイユへと運ばれていった。一六七九年、リシュレは辞典に「コルベイユ船《コルベイヤール》」(corbeillard)と記した。一六九〇年、フュルティエールは「コルビヤール」(corbillard)と綴り、「パリから七里離れたコルベイユまで走行する川舟」と定義した。つまり、マレルブやラシーヌ、エスプリ〔十七世紀のモラリスト〕、ラ・ロシュフコー、ラ・ファイエット、ラ・ブリュイエール〔エスプリを除く五名はフランス十七世紀を代表する文筆家〕、サント＝コロンブ〔バロック時代の作曲家〕やサン＝シモン〔社会主義思想家〕がパリで活躍していた時代には、「霊柩車《コルビヤール》」(corbillard)という語は、叫び声を響かせながら岸沿いにセーヌ河を運行する、乳飲み児たちを乗せた一艘の船を指していたのである。

2　ルイーズ・ブリュレ

一七六六年五月二十日、重病を患っていたルイーズ・ブリュレは、みずからの死期が迫るのを感じ、モンタグリの乳母に預けていた一歳の我が子を呼び戻そうと考えた。ルイという名の乳飲み児運搬人が、モンタグリからサン＝ポールの港まで赤子を船で連れてきた。ところが、岸に着いたとき、赤子はすでに死亡していた。港の監視人がルイーズ・ブリュレに知らせを送った。母親の到着を待つ間、ブリアレの船頭は赤子の遺体を樽の上に安置した。一七六六年六月八日の供述書には次のように記録されている。監視人のもとに見知らぬ女が現れた。子どもに会いに来た、と女は涙ながらに言った。子どもは死んでいると告げたあと、名を名乗るよう、女に言った。女はサンティエ通りで農家を営むジャニエ家の使用人ダミドーの妻のルイーズ・ブリュレで、住まいはクレリー通りだと告げた。彼女いわく、一七六五年二月二十五日、ぴったりの産衣に息子をくるんで乳母に託した。確かに、十カ月前の乳母からの手紙で子どもは病気だとあった。だが、同じ乳母がそれ以前には子どもは健康で、産衣が必要だと言ってきていたので、新しい産衣を作ったと言ったのだ。息子に会わせてほしいと頼むと、乳母の夫から返事が来て、子どもは船旅ができるような健康状態ではないと書いてきた。女は治療代を送った。その後、乳母の夫から二通の返事を受け取り、子どもの体調は良かったり悪かったりで、微熱が続いているのは乳歯が生えてくる兆候だと書かれていた。その後便りが途絶えたので、母親の情からどうしても子に会いたくなり、夫婦で二通の手紙——一通は司祭に、もう一通は乳母の夫に宛てて——を従兄弟に託した。手紙の内容は覚えていない、というのも自分自身は読み書きできないので、手紙は夫が書いて、彼女自身は一行も読まなかった。自分は体調が悪くなり、死期が近い気がして、子どもに会いたくなった。わざわざ乳母に会いにいってくれた従兄弟に今日会うことになっても、その子が道中死んだと伝えるなど到底できない。この世に産み落として以来息子には会ってはいなかったので、今の姿を見せられても自分の子かどうか分からない。けれどもその子をくるんだ産着には見覚えがある。夫の居場所は知らない、天気が良いのでおそらく主人たちと畑に行ったのだろう、と語った。

一七六六年六月十日、夫の不在中に、桟橋で気を失っているルイーズ・ブリュレが見つかった。六月十一日、彼女は自宅へと運ばれた。そして、六月十七日、セーヴルの町から戻った夫のダミドーによって、ベッドで死んでいる彼女が発見された。

一七六六年六月八日の供述による調書は、悲劇的な調子でしめくくられている。「ひとりの病気の母親が未知の死に呑み込まれるその瞬間、一人息子にもう一度会いたいと願ったものの、その子を認知することができなかった」と。

子どもとは〈生まれながらのよそ者〉である。この点に関して、ルイーズ・ブリュレの供述文は疑いの余地がない。「この世に産み落として以来息子には会ってはいなかったので、今の姿を見せられても自分の子かどうか分からない」ルイーズ・ブリュレによるこの見解は、われわれ一人ひとりの起源についての核心を突いている。時代や国籍がなんであれ、子どもとはひとりのよそ者なのだ。そもそも人類の運命全体が、死という未知の存在に託された、産み落とされた未知の存在なのだから。わたしが今、ここに転記している資料をアルレット・ファルジュ〔フランスの歴史家（一九四一～）〕から受け取ったのは、カレイやにんにくの効いたビュロ貝をビュシー通りで彼女と一緒に食べていた頃だ。わたしはそのとき決めたのだ、ルイーズ・ブリュレが乳飲み児たちの運搬人と呼んだものを、運命と呼ぶことを。

3　小川もどきの桟橋

わたしが書き物をする家は三日月湖〔蛇行する川の屈曲部が取り残されてできた河跡湖〕に面している。庭の東側にみえるヨンヌ川の淀んだ支流には、数隻の川船と小型帆船が停泊していて、ガチョウや白鳥、柳、そして黒ずんだ小舟たちの王国をなしている。侵水した雨水の中を蛙が跳ね回り、白ナメクジが這う小舟が碇を下ろしている浮橋へと向かう狭い石階段のさらにその先を、北へと向かって伸びるその岸辺は、いつしか「小川もどきの桟橋」と呼ばれるようになった。かつては馬に引かれて運送船が引き船道を通っていた場所だ。川舟の事務所の屋根と浮橋がサンス島の西側に向けて突き出ている。

小さな森には鋤と鋏と斧が、スポンジ質の土地にはゴム長靴が、空には黄色い傘がそれぞれ必要なように、鉛筆と封筒の宛先面さえあれば十分だ。それがもたらす七つの幸せに比べれば、孤独な生活にたいした金はかからない。

ただ、過ごす日々があるだけ。

この世界に響く音楽はといえば、網を投げ込む直前に、漁師たちが灰色の水面を覆う霧の中に用心深く、静かに、そしてゆっくりと碇を滑り込ませるときに船が立てる音と水音だけだ。

4 （エティエンヌ・マラルメ）

かつてマリア・マラルメとその弟は、父親の小舟に乗ってサンスへ赴いた。ふたりはヨンヌ川を下った。島の前ではカワマスを釣った。

当時、ステファヌ（フランス象徴派の詩人（一八四二―一八九八）。代表作は『半獣神の午後』、『骰子一擲』）はまだエティエンヌと呼ばれていた。子どもだったエティエンヌ・マラルメは、その昔ここ、ヨンヌ川の水面で幸せに漂っていたのだ。

5　ラオダメイア

死者となったプロテシラオスは、この世に戻って妻のもとで一日を過ごすチャンスを偶然にもあたえられた。

だが、彼は躊躇した。

彼はラオダメイアを愛していた。少なくともオウィディウス〔古代ローマの詩人（前四三―後一七）。『変身物語』の作者〕はそう語っている。

ラエウィウス〔古代ローマの詩人（前一二九頃―？）〕によると、生を愛するあまり、たった一日しか生き返られない事実にプロテシラオスはむしろ躊躇した。

カトゥルス〔古代ローマの抒情詩人（前八四頃―前五四頃）〕によると、ラオダメイアに向かって手を差し伸べたときに感じるかもしれない動揺をプロテシラオスは怖れたということだ。彼の肉体が欲情することはもはやないのではないか、性器が膨らんだとしてもそのまま妻の身体に入らないのではないか、入ったとしても妻の内部で勃起したままでいられないのではないか、彼の腕の中で妻がほんのわずかしか味わうことのできなかった悦楽を、二度と妻に与えることができないのではないか、そんなふうにプロテシラオスは思った、というのだ。

事実、プロテシラオスはラオダメイアをたった一日しか知らなかった。婚礼の翌日にはすでに、トロイアへと向かうギリシア船に彼は乗っていたのだから。

結局、プロテシラオスは神々の提案を受け入れた。彼は冥界を去った。そして地上に戻った。ラオダメイアと再会した。ラオダメイアは両腕を広げた。プロテシラオスは妻を抱きしめた。夜は短かかった。プロテシラオスは一時、精力を取り戻した。彼女は暗闇の中で満たされた。夜が終わる頃、亡霊たちが彼を死者の国へと連れ帰った。

夫が去ったあと、ラオダメイアは自死した。彼女は二度、プロテシラオスと床を共にした。彼が出発する前に一度。彼が再び出発する前にもう一度。

彼女が男から学んだのは、別離だけだった。

ラエウィウスは自分が書いた悲劇に奇妙なタイトルをあたえたが、そこに刻まれた文字そのものが抱擁の形をなしている。それは『プロテシラオダメイア』という。カトゥルスはこの伝説を愛した。オウィディウスはことあるごとにこの伝説を引用した。

＊

一体誰がプロテシラオスとは別の体験をなしえただろう。誰がラオダメイアとは別の感情を抱いただろう。ただひとつの昼。ただひとつの夜。

＊

眠りはじめの、まるで眠りの中に吸い込まれそうな肉体が離脱するように感じることがある。

暗闇の中の人間の身体は、碇を上げて大地を離れ、漂流を始める一艘の小舟になる。

6　ロンドンのソロモン

ザイラーシュテッテ通り二一番地のある小さな家で、ジョゼフ・ハイドンは仕事していた。午後十時のことだ。彼は『ナポリ王のための夜想曲《ノットゥルノ》』を作曲中だった。突然、見知らぬひとりの男が部屋に入ってきたのに気づいた。男は帽子を脱ぐとこう言った。

「わたくしはロンドンのソロモンと申します。あなたをお迎えに参りました。明日の朝には旅支度を済ましていらっしゃいますように」

ジョゼフ・ハイドンはロンドンへ向かう船に乗り、突然の栄光を手にした。

7　あの世の都市《シテ》

その港は陰鬱で人気《ひとけ》がなかった。

一六二八年十一月一日、屍で埋め尽くされ、沈黙に支配された死の町の中に、馬上のルイ十三世は足を踏み入れた。

大西洋だけが真っ白な波を打ちつけ続けていた。

ラ・ロシェル〔フランス西部の港町〕はあの世の町と化していた。

響いたかと思うと消滅する叫び声の、その形だけを痕跡として唇にとどめた亡霊たちの姿。

上空を舞う白いカモメたちが、亡霊たちを引き裂き、喰い尽くす。

＊

遭難者とは、あの世から来た人々、すでに生を全うし、岸辺にたどり着いた人たちのことだ。

子どもなど存在しない。皺くちゃで、禿げ上がり、歯が抜けて濡れそぼれた、小人のような頭があるだけだ。女の性器から出てきた、血でべっとりした極小の老人たち。祖先の名前だけがあるように、祖先の顔しか存在しない。

＊

一四二一年、アントワープの墓地の出入り口に、ドミニコ会修道士たちは迷宮《ラビリンス》を建設した。迷宮の天井から床の敷石に至るまで、その壁全体が炎の色で覆い尽くされた。謎めいた一連の独房に差し込む日の光は九つの天窓によって与えられていたが、これら天窓の硝子も真紅で、地獄の業火を想起させずにはおかなかった。燃えさかる炎の中央では、鎖に繋がれた夥しい数の痩せおとろえた裸の男たちと女たちが、われわれの耳に届くことのない叫び声を発していた。

＊

わたしがル・アーヴルを去ったのは一九五八年のことだ。突風が吹き荒れていたのを覚えている。空は白かった。太陽は低く、丸く、白く、とても弱々しかった。冬の初めだった。わたしは男子校の礼拝堂まで行った。廃墟の高校を建て直すための公共工事再建計画によって、数日前には礼拝堂が壊されていた。その礼拝堂でわたしは三年間ミサをつとめたのだった。わたしはうなだれて歩いた。いつもうなだれて歩いていた。頭を低く下げる姿勢が好きなのだ。気詰まりと羞恥心で頭を垂れる。読書のため、恐怖のために頭を垂れる。だが、それ以上に、想像を絶する、ほとんど動物的な荒々しさを見せつける風に抗って突き進んでいくために、わたしは頭を垂れていた。聖ロクス墓地を抜ける。そして吹きさらしの町へと突き進む。石の埃の中にまだ完全には追いやられてはいない町よ！　まっさらな壁や、ペレ〔ベルギー出身の建築家（一八七四―一九五四）。「コンクリートの父」と呼ばれ、ル・アーヴル全体をコンクリート建造物の近代都市に変えた〕の設計による小さな建造物の群が、冬の雪を告げる空と同じくらい白く輝き、天に向かって伸びようとしている！　古い礼拝堂はといえば、小石の堆積物と化して、歩道にはみ出していた。フランネル製の半ズボンのポケットの中に、わたしはありったけの持ち金を詰め込んでいた。そして、瓦礫の中に小銭を投げ入れた。朝まだきにアルミ製の皿を差し出しながらミサの募金を募った、いまや廃墟と化したその場所に、わたしは賽銭を投げ入れたのだ。マドレーヌ期〔旧石器時代最終期〕の狩人がある日、というのはカリオの洞窟を去ることにしたその日のことであるが、かつて彼自身が火打石で刻んだ彫刻の真上の大地の割れ目に、ふたつの小さな海貝を残して去った。同級生がわたしを押しのけたりくすぐったりした、あの悪臭を放つ三つ並びの木造トイレを配した男子校の運動場の右側にあった、霧雨の中をべとついた海の寒さに耐えて建っていたキリスト教礼拝堂の廃墟。クーデター直後の一九五八年、石膏の破片の間に滑り落ちていった、白くて軽い硬貨が、わたしにはまだ見える。

8　埃の悪魔

八月の畑の埃や藁を吹き上げる、人を二人か三人縦に並べたように背が高くて極小の竜巻のことを、人は「埃の悪魔」と呼ぶ。悪魔は嵐とともにやって来る。さまよいながら進む黄色の円柱。光り輝くざらざらとしたそのフォルムは雷に先行し、稲妻を予告する。そのフォルムは全速力で大地の一部を剥ぎ取りながら田畑の上空を旋回するか、砂を奪いながら岸辺の砂浜の上空を旋回するか、あるいはまた、藁のかけらやアザミの花をかき集めながら小道に沿って旋回するかしながら、たいていの場合、最後には森の枝を倒して消滅する。

そうでなければ、水面に当たって砕け去る。

われわれが生きている昼の世界から、夜が完全には撤退しないことがある。そのとき、われわれの身体は昼のさなかにもかかわらず、同期しない反応を起こすのである。身体は過ぎ去った夜の顔をもつ。正午の鐘が鳴っても、われわれはまだ悪夢を見続けている。仕事から帰って玄関の鍵を差し込む時でさえも、夢の中でわれわれが再会した人々、とりわけ彼らの発した言葉にまだ動揺している。瞼をこすろうが、頬や額に水をかけようが、天体の昼からは来るはずもない光に照らされた、いくつかのイメージを、夜はまだ引きずっているのである。

夢の中のイメージは、水中の砂利に似ている。ミントの葉の間を流れる冷たい波動の下できらめく砂利たち。その美しさに、人は思わずかがみ込む。ヨンヌ川の岸辺で人が踏みしだく、羽毛の生えたようなミントのレース状の葉から立ち昇るその芳しい香りに誘われて、人はついしゃがみ込んでしまう。そして肘の上まで裾をたくし上げ、手を水中に突っ込むと、身体は冷たさで震える。

透明な水底にある小石を、冷え切った白い指が掴む。そして小石を光にかざす。小石から水がしたたり落ちる。空気が小石の色を曇らせる。瞳は落胆する。わたしが語っているのは、われわれの人生でもっとも濃密な瞬間のことだ。だが、その魔力は指のあいだをすり抜け、きらめく小石がわれわれにとって何を意味していたのかが分からなくなる。なぜ自然とかがみ込み、膝をついてしまったのかが理解できなくなる。

それは恐ろしい眼だった。それはシルクのドレスと美しい乳房だった。それは性の異なるふたりのふたつの性器だった。引き裂かれた楽譜。民芸品の家具、蝋のように黄色い顔の大統領。尖った鼻。ふたりの友人。

くすんだ砂利。くすんだ砂利。

＊

古代エジプトやアテナイ、ローマ、コンスタンティノープルで、出産の瞬間まで女たちが身に携えていた赤鉄鉱の小さな二面体のことを、人は「子宮石」と呼ぶ。表側には妊婦の姿が彫られている。双頭の山羊が描かれた作業用の肘掛け椅子に妊婦は座っている。両股の間にある子宮は、鍵付きの円窓で表されている。臨月の女はその手に棍棒を携えている。裏側にはギリシア文字で「オーロリオウス」と刻まれている。「子宮石」の赤鉄鉱は、ギリシア語で「血の石」を意味する。ひとたび水に浸すと、その縦長の小石はまるで流血のように赤く染まる。

*

正確に言えば、過去とはこうしたもの。つまり、闇へと降りていく扉を通過するものすべて。

太陽神ホルスだけが、誕生や覚醒の鍵を回すことができる。

死者たちがみずからの姿を写し出す生物学的鏡とは、記憶ではなく、夢想である。

聖遺物箱の底からわれわれを見つめるこの監視人のことを、ギリシア人たちは「ダイモン」と呼んだ。

幼な子の姿をしたハルポクラテス〔ホルスの別名であり生まれたての太陽の化身〕は、唇に指を当て、もう一方の手に誕生の鍵を握りながら母たちの扉に留まって、父の精子を吸い込んだ丸い袋の口を縛り、月の十の巡りの間、その袋を持ち続けなければならない。物神たちの絶え間ない変身を見守るのが、このハルポクラテスだ。指で沈黙を示す神のごとき存在、沈黙をとおして語るこの小さな指の神は、おそらくは頭蓋の洞窟をも監視しているのだろう。死者たちの不在を過度に強調することで、ハルポクラテスはわれわれが持つ死者たちの思い出をより豊かなものにする。死者たちを想って作られた、神々しくすらあるこうした摸像《シミュラークル》たちが閉じこもる沈黙のおかげで、われわれは死者たちの言葉を美化することができる。われわれが作り出したものを否定しにやってくる生者などいないはずだ。こうして作られた絵画や創作《コンポジション》は徐々に調和を獲得し、その語り手もまた、より伝説的な人物、たとえば驢馬や蛸、あるいは男根の象徴のような鳥に託され、その内容もますます不可思議なものとなっていく。人を夢中にさせるその数々の場面を支配するのはただひとりの画家だ。画家といっても、身体の深奥にあって常に不在の、ひとつのイメージにすぎないのではあるが。あの赤い守り石にすら先行する、小さなペニスの絵筆。われわれが二面の石を彫り、二枚折の絵を描き、われわれ自身もまた対称物となり、対話を構成するのもしょせんはすべて、われわれの種が性化されていることの結果にすぎない。具体化し、われわれの中に場所を占めるにつれて、言語記号を発明し続ける源泉であるこの対称性は、それらを作り出した原型から完全に自由になる。対称性は混沌《カオス》からますます遠ざかり、秩序を与えることで混沌《カオス》を破壊する。

それらは、われわれが叫び声を封じ込めようとする喪の形象《すがた》でもある。

われわれは肉体の下品さを無視する。

真実を抹消する。

その輪郭を書き直しそれらを忘却したときにはじめて、われわれはそれらの姿を愛する。

そのとき、われわれは閉じた自分の唇に指を押し当てたままでいるが、それはわれわれの嘘を誰ひとり暴くことのないようにするためである。

9（流謫）

四一〇年八月二十四日、ゴート族軍によってローマが包囲された。略奪は二日間続いた。三日目の夜、ローマは焼き討ちにされた。ローマのキリスト教徒たちは集い、使徒たちの墓が彼らを救ってくれなかったことを嘆いた。だから、黒煙を上げる廃墟と化したこの帝都に不滅の永遠の都市のイメージを対置するために、アウグスティヌスは『神の国《シテ》』を着想したのである。こうしてふたつの首都がこの世界を分有することとなった。ひとつは目に見える、美術館のように美しく、損なわれ、略奪され、火を放たれ、老衰した郷愁的な都。もうひとつは目に見えず、約束された、夢を与える、貴重で、永遠に新しい、最後の審判の日に出現する都。最初、アウグスティヌスはこの作品を『ふたつの都《シテ》』と名付けようとした。というのも、ティコニウス〔古代ローマのキリスト教神学者（三七〇―三九〇年頃）〕が次のように書いていたからだ。「ふたつの王国があり、ふたりの王がいる。ひとりはキリストでひとりは悪魔である。一方は世界を望み、一方はそこから逃げる。一方は首都をイエルサレムにもち、他方はバビロンに持っている」だが、アウグスティヌスは最終的に題名を変更した。この世を支配すべき唯一の王国となるために希求されたのだから、再良の都だけを名付けるべきであると考えたからだ。『神の国《シテ》』第一巻から第三巻までが四一三年に出版され、四一五年には第四巻と第五巻が、四一七年には第六巻が刊行された。わたしはここで、アウグスティヌスのふたつの王国を時間的にさらに一段階遡りたいと思う。誕生前と誕生後、これがふたつの入り口だ。死という背景から浮き上がった変化が示すただひとつの経験がそこでなされる。わたし自身、断固として存在論的な世界の構成物としてみなしたくなかった死。だから三つ目の王国など、断じて存在しなかったのだ。中世初頭に出現したあのふたつの都のように、ふたつきりしかないこの王国は、その一方が他方の終焉として空間の中にさまよい続け、大地をもうひとつの世界の幻影として見せる。アウグスティヌスの神の国《シテ》はこの世を遍歴する。この世は時代と永遠、過去と往古、果実と樹液からなる混合物である。わたし自身についていうなら、死の世界を想像できないのと同じ程度に、世俗で神を求めない。この世でわたしが探し求めるのはただひとつ、眼差しを返してくれたあの女性の思い出だけだ。瞳の瞬きだけで至福をもたらしてくれた、遠ざかっていくあの女《ひと》の影、影のその影。それというのも、個々の身体のはるか後方にあるひとつの影が肉体よりも前に存在し、人間一人ひとりの人生全体に影を落としているのだから。そして、パウロがなんと言おうと、この世にかかる影は死ではないのだから。始まりの日の光の中でわれわれの人生から去っていくその失われた女《ひと》の姿は、いつまでも光の中に映し出される。時間の中にとどまって、昔日の時間にまでかかるその影のことを、人は郷愁《メランコリー》と呼ぶ。郷愁をとおして、あらゆる事物が愛すべき顔になる。

　わたしは裸の姿で母の子宮から出てきた《ヌドゥス・エクシ・デ・ウテロ・マトリス》。裸の姿でわたしは土に帰るだろう。この世になにももたらさなかったわれわれが、黒い扉の向こうへ何かを連れていくことはない。

＊

流滴《エクシイ》。わたしは出てきた。それは流滴だ。

陽光に触れたとたん、赤い宝石も黒ずんでしまう。

生まれてこの方、われわれが遺棄や水、不在、喪失、欲求、影、孤独と結んだ関係は、われわれが進む人生の道脇で消滅し続ける死者たちと接触することによってしか蘇らない。遺棄は生の基底である。われわれはある悦びが生んだ孤児であるが、この世の光のもとにわれわれ自身が現れ出たほんの少し後で、その悦びがわれわれの内に湧き上がったときには、その歓喜はまだ記憶を持たず、思い出となることが叶わなかった。

10 （地獄）

「地獄とはなにか」、とマッシヨン〔フランスの聖職者でクレルモンの司教（一六六三―一七四二）〕はそう問いかけた。最後の審判の不在。最後の審判の不在とはなにか。悔悛できないことだ。「『これこそが聖書でもっともおそろしいことばだ』、とマッシヨンは叫んだ。『ヨハネによる福音書』八章第二十一節で神はこう叫ぶ。「私はここを去る《エゴ・ウァド》。私を探しても無駄だ《エト・クワエリティス・メ》。おまえたちは罪深いまま死んでいくだろう《エト・イン・ペッカト・ウエストロ・モリエミニ》」福音が保証するのは、神の遺棄と神の死、そして最終的な悔悛の不可能性である。現世における神の遺棄とはなにか。孤独だ。人生における最終的な悔悛の不可能性とはなにか。地獄だ」

11　（マザラン卿）

「あまりにも苦痛が激しいために、私はときおり判断力を失うほどでした」それが、太后から健康状態について尋ねられたとき、彼が使った言葉だ。マザラン卿の魂の中で進行していたのは、まさに悔悛の不可能性だった。

彼自身、一六五九年十一月一日に太后《リヨンヌ》にこう語っている。

「もうこれ以上耐えられないほどに、私は疲れている」

ブリエンヌ〔フランスの政治家（一六三五—一六九八）。父はマザラン時代の外務大臣で、マザランの回想録を上梓した〕は次のように書いている。ルイ十四世とスペイン王女の婚姻の前日、一六六〇年六月十八日のことだったが、マザランの寝室を訪問していた太后は、王国の筆頭大臣に向かってふたたび健康状態を尋ねた。

「悪いです」

そして、何も言わずに毛布を押しのけると、ゆっくりと片足を伸ばして、その剥き出しの腿をベッドの外へと突き出した。それはまるで墓穴から出てきたラザロのようだった、とブリエンヌは語った。おそろしく蒼白で、周囲が赤く膨らんだ白い斑点に覆われた、肉の削げ落ちたその足と腿を見て、太后はおもわず叫び声を漏らした。当時、枢機卿はマットレスに横たわったまま生きていた。四輪馬車に乗る場合には、マットレスの四隅を持って彼の身体をそのまま運ぶか、皮とウールでできた別のマットレスに彼の身体を移し変えて運んだ。一六六一年二月六日は寒さが厳しかった。屋敷が出火した。ブリエンヌは主人のもとに馳せ参じた。そのとき、枢機卿を背中におぶって運ぼうとしている護衛長に出会った。恐怖のあまり、マザランは声を枯らして叫んでいた。まるでアエネアスに背負われて、燃えさかるトロイアの町を去るアンキセス〔ギリシャ神話の人物。トロイア戦争では、息子のアエネアスに背負われて町を脱出したとされる〕のようだった、とブリエンヌは語っている。そして彼の身体を横たわらせた。枢機卿は、燃え上がる漆喰を見たときの恐怖で震え続けていた。「彼の瞳の中に死の姿が描かれているようだった」、とブリエンヌは書いている。苦痛のあまりその場にじっとしていられないときには、椅子の底にマットレスを二つ折りにし、彼の身体をリシュリュー通り沿いの彼の屋敷まで運んだ。そこに十二人の医者を呼びつけて診察させた。苦痛を和らげる手段を見つけようと必死だったのだ。最後に、枢機卿はゲノーの方を向いてこう言った。

「ゲノー、あとどのくらい生きられるのか言っておくれ」

「二カ月です」と医者は答えた。

「ゲノー、そなたの友人としての率直さに感謝するぞ」

だが、彼はすぐさまゲノーを憎み始めた。この日を境に、ジュール・マザラン卿の心は不安から恐怖へと移り変わった。おもわず溢れ出る涙に瞳を濡らしながら、「ゲノーはそう言った、ゲノーはそう言った」と枢機卿は繰り返した。医者たちの診察が行われた翌日、ルイ・ド・ブリエンヌは、回廊に並んだ絵画を鑑賞するため、椅子に乗って部屋から部屋へと移動している枢機卿に出くわした。若者の姿に気づくと、枢機卿はこう言った。

「ブリエンヌ、もっとこちらに。扉の影に隠れるではない。私など、周囲の人間に恐怖以外のなんの危険も及ぼすことのない、ただの死人にすぎないのだから」

燭台をかざしたふたりの護衛が彼らの前に立っていた。

涙を浮かべながら、枢機卿はさらにブリエンヌに言った。

「あの美しいコレッジョ〔ルネサンス期のイタリアの画家（一四八九―一五三四）〕の絵をご覧なさい。あの荘重なレンブラントを。ティツィアーノが描いたあのヴィーナスをご覧なさい。ほら、アントニオ・カラッチ〔イタリアの画家（一五八三―一六一八）〕の描いたノアの大洪水を。あれは私のお気に入りの中でも一番美しい。おお、友よ、ゲノーはそう言ったのだ。友よ、お分かりかね。私は思いもしなかった。あの世に足を踏み入れるためには審判、つまり人生とともに美も諦めなければならないことを」

12 （死《ネクイア》）

ヘラクレスも、アドメートス〔ギリシャ神話に登場するペライの王〕も、ディオニュソス〔ギリシャ神話の神。ローマ神話のバッコス〕も、オルフェウスも、アキレウスもみな冥府へ下り、冥府から戻ってきた。帰途に着いたとき、彼らは自分たちが見たものを語った。彼らにできるやり方、つまり言葉を使って、彼らが出会ったおぞましい顔たちや古く黒ずんだ光、かつての懐かしい愛情を語った。他の英雄たちのように、イエスも冥府へと下った。だが、イエスの冥府については何も知られていない。つまり、死者の国での滞在を生者たちに語るための力や勇気を持たなかったただひとりの英雄がイエスなのである。

アリストン〔古代ギリシアの学者（?―前四二四頃）。哲学者プラトンの父〕はギリシア人たちにこんな指摘もしている。「もはや息をすることのない者らのもとへと下ったオデュッセウスは、多くの高名な亡者たちと言葉を交わしたあとで、彼らの女王に面会するのをためらった」

なぜオデュッセウスは夜の女王に会おうとしなかったのだろうか。

なぜ航海家オデュッセウスは、騎士ランスロットが熱愛した女《ひと》に憎しみを抱いたのか。

なぜイエスは死者の国で見たことについて何も語ろうとしなかったのだろう。オウェイン〔ウェールズ語で記された中世の物語集『マビノギオン』の主要登場人物〕やトゥヌクダルス〔『トゥヌクダルスの幻視』という幻視譚の作者で、アイルランドの騎士であったとされる〕、ドライテルム〔スコットランドで集められた草稿のひとつで、主人公ドライテルムは地獄、煉獄そして天国を幻視する〕、アエネアス、オデュッセウス、ギルガメシュたちが通った道を、のちにダンテもまた辿り、冥府へと下った。

13（ラ・ファイエット夫人）

ラ・ファイエット夫人〔フランスの女流作家（一六三四―一六九三）。『クレーヴの奥方』はフランス最初の心理小説とされる〕がもうじき天に召されるのではないかと、一週間のあいだ人々は懼れた。セヴィニエ夫人〔一六二六―一六九六。愛娘との交流を綴った書簡の作者として有名〕に使いを遣ると、「とうとうこれで彼女の病に名前がつくのですね」という返事が返ってきた。ラ・ファイエット夫人は一六九三年五月二十六日に死んだ。一六九三年六月三日にセヴィニエ夫人は筆を取り、こう書いた。「彼女は死に至る悲しみに冒されていたのです」

＊

海に手を浸したその瞬間、人はあらゆる浜辺に触れる。それと同じく、死に片足をあずけたとたん、人は時間を離れる。

＊

古ぼけた赤いべっ甲の額に入った十七世紀の古い一枚の素描をわたしは眺める。島は近い。小舟が着こうとしている。ひとりの裸の男が竿によりかかっている。もうすぐ接岸だ。砂浜は亡霊たちで溢れている。地獄だ。地獄に落ちた者たちを大木が見下ろし、切り立った岩たちも、口を大きく開いて涙を流す彼らの顔まで迫っている。木々の枝のてっぺんには、葉叢の切れ目が白墨で描かれ、突然の陽光が目をくらませる。古いブルーの画紙は、陽光の指しているあたりが色褪せてグレーに変色している。陽光は生者たちの世界から射し込んでいる。当時はまだ額という名で呼ばれていなかった額縁を手に取ってみる。まるでコーニス〔壁や円柱などの丈夫や軒下に張り出した部分〕みたいだ。わたしはべっ甲製の古い額縁《コーニス》を手に取った。そして裏返してみた。かつては紫の古インクで文字が書かれ、時を経て今やインクの色が乾いてくすんだ茶色に変色したそのラベルには、「ジョフロワ・モーム〔キニャールの小説『ローマのテラス』に登場する十七世紀の版画家〕によるアケロンの川岸についての習作」と記されていた。

14　最終試合

彼は四つん這いになるのを好んだ。それが彼の情熱だった。犬小屋に行ってうめき声をあげるのがたいそう好きだった。パグ〔小型犬〕やモロス〔大型の番犬〕たちと一緒に「喰らい合い」、骨を争っていたという噂もあった。一番柔らかい肉片を他の犬たちから奪い取ったときには、優越感がもたらす歓喜に酔いしれ、犬たちの方に戻って「自分の歯から獣の牙」へと直接肉片を返してやった。彼の母親は六年間ものあいだ身ごもらなかったため、夫を苛立たせた。ある晩、ベッドの足元に跪いて両腕を差し出しながら、神に向かって「あなたは私を憎んでいらっしゃるのですから、私はあの世のどんな生き物に孕まされても構いません」と言うと、夜着をたくしあげた。こうして、彼女は子を孕み、生まれた子はゴーフェルドと名付けられた。昼夜を問わず泣き叫び続けていたからだと言われている。彼はのちに征服王ウイリアムの父となる人物だ。生まれたときから、周囲からは悪魔というあだ名をつけられた。乳を吸うことをせずに、口を差し出しては乳母たちの乳房を引きちぎった。六番目の乳母の代になると、授乳を任された女たちは、子どもが乳を飲むあいだの乳房の保護のために、牛の角の穹窿部に穴を空けた器具を職人に命じて作らせた。彼が読み書きを学ぶことはなかった。仲間の眼を指で引きちぎり、音を立てながら食べた。神父か修道女を見かけると、棍棒を持って飛びかかり、彼らを打擲し、意識喪失の状態のまま見捨てたのだが、そのとき犠牲者の着物をまくり上げ、剥き出しにされた体穴に自分の精液を撒き散らすことを忘れなかった。処女の誓いを立てた女たちに彼が身ごもらせた子どもの数は計り知れない。国じゅうを恐怖におとしいれたため、父王は彼を追放した。教皇は彼を破門した。教会の彫像を破壊し、十字架を投げ捨てたからだ。そこで、ゴーフェルドは森に逃げ込み、追い剝ぎとなった。そして未開地全体の支配者となった。だが、ゴーフェルドが熊や狼の生活に関わったとたん、森や峡谷での犯罪数が激増したため、息子の悪事を監視するために王は彼を呼び戻すほかなかった。息子を監視下に置くため、ルーアンの北にあった城を彼に与えた。そして騎士の称号を授けた。しかし、ゴーフェルドに取り憑いていた暴力をまっとうな道へと差し向ける手段などなかった。騎馬試合では、相手の領主たちを槍で地面に叩き落とすやいなや、彼らの首を残らず刎ねた。

面目を失うことを恐れて、彼と対決しようとする貴族はひとりとしていなかった。

ブルターニュの大地の最果てからイル＝ド＝フランス地方に至るまで、いにしえの世界を活気づかせていたのは、なんといっても馬上槍試合のトーナメントだった。

ノルマンディー地方を舞台とする最後の決戦は、アルクという土地で行われた。

ひときわ大きな群衆が叢林に集まってきていた。子どもたちは草原に沿って陣取り、女たちは木立の中の小木の影で日差しを避けていた。さて、荒地にはたった一頭の馬が現れただけだった。果し合いの場にやってきたのは、ゴーフェルド候ただひとりで、彼は草原の中を進んでいた。空気は無色で虚ろだった。ノルマンディーの貴族の誰ひとりとして、ゴーフェルドと対決しようとはしなかったのだ。待ちくたびれた群衆たちは、小道やサンザシの藪へと散らばっていった。日暮れになり、酒に酔ったゴーフエルド侯と従僕たちのやり場のない暴力と激しい怒りは、試合が行われるはずだったアルクの野原に近接する修道院に向けられた。侯と家来たちは、六日もの間、男子修道院長と女子修道院長、庭師や修道女たちを痛めつけ、なぶりものにし、彼らの肉を喰らいさえした。

ゴーフェルドはアルク修道院を焼き討ちにした。

ゴーフェルド侯はみずからの行いに対するいかなる弁明もしようとはしなかった。彼いわく、心の中の悪魔が大きな声で言ったという。「善に反対！　眠りに反対！　音楽に反対！　イメージに反対！　書物に反対！　チェスボードに反対！」

アルクから戻ったゴーフェルドは、母を欲した。

びりびりに引き裂かれた夜着に身を包み、陵辱され、恐れ慄き、今や息子の眼前で舗床に横たわった母は、顔を地面に向けて両手を合わせ、低い声で妊娠の秘密を明かした。息子は身動きひとつせずに母の話を聞いた。そして、暗闇で剣を抜くとみずからの頭髪を切り落とし、壁を穿つ銃眼に近づいて剣を堀に投げ捨てると、夜着のままで城を去り、膝をつき始め、四つん這いの姿勢のままでガリアを横断し、マラボドまで行って教皇に謁見した。

「われはノルマン公の息子なり」こう彼は教皇に言った。「神への祈りに疲れた我が母がかつてあの世の悪魔に胎を捧げ、生まれたのが私なのです。そのときの話をこれから語ってあげましょう」

「それはなりません。息子よ、これ以上口を開いてはいけません。これは私からの命令です。そなたがこの世に生まれたのはなんと不幸なことか！　神がお造りになった永遠の国の、目に見える世界を統治するよう私にお託しになったこの大地に、あなたがお生まれになったこと以上の不幸が、果たして存在するのでしょうか。息子よ、これ以上口を開いてはなりません。そなたの教皇がそう命ずるのです」

この日を境に、教皇に従ったゴーフェルドは話すことをやめた。

ふたつの膝を血まみれにして頭を剃り上げ、完全な唖となったこの男を、教皇は敬愛するひとりの隠者に託した。年老いたその隠者は、オルテの北方に広がる、ローマ帝国の田園地帯の中の急な斜面の上で暮らしていた。隠者は毎日、内臓が機能するに足るだけのわずかなパンをゴーフェルドに与えた。食べ物はたったそれだけで、その後隠者は岩山へと戻っていった。最初に目覚めたとしても、ゴーフェルドは犬たちがパンを漁るのを放っておいた。そして彼は、その犬たちの糞を、それがまだ肛門から完全に排泄されないうちから食べた。それほどまでに彼は敬虔になっていたのである。ある日、隠者は弟子に向かって言った。

「わしも年を取った。さあ、ローマの街に戻りなさい。あの世に召される前に、お前に悔悛の秘蹟を授ける義務が私にはあるのだから。ローマに着いても、教皇のところには行かないように。そなたに出会ったすべての人々がそなたを憎み、打擲し、汚し、呪うように振舞い続けなさい。唖のままでいるのです。四つん這いのままで生活しなさい。犬や鶏たちの食べ物や飲み物でないものすべてを、みずからに禁じなさい」

ローマでの彼の宴会料理といえば、動物たちの汚濁、道や河岸の泥、女性の月経時の排出物、乳飲み児の汚れた下着、野菜くず、ぼろ靴、牛の肺、傷んだむしろだった。トルコ人の援護を受けたサラセン人たちがローマに攻撃をしかけたとき、ロベール（これはゴーフェルドをラテン風に言い換えたものだ）は雌犬の額に寄りかかって休んでいたのだが、その犬小屋にひとりの天使があらわれた。天使はひどく背が低かった。背丈はほぼ一ピエ（だいたい二十センチ）しかなかった。天使はゴーフェルドに二メートルの背丈の白馬一頭と、四メートルの長さの槍、本当のところ小さすぎる（三センチ×四センチの）白エキュ硬貨一枚と銀製の剣を与えようと申し出た。かくして武装したゴーフェルド侯は、イスラムの軍隊を打ち倒した。彼は三度に渡ってイスラム軍を撃退した。戦いのたび、ひとりの人間も、一頭の馬ですら生き残らなかった。戦いが終わり、勝利が訪れても、この偉業を成し遂げた英雄の姿を誰一人見ることはなかった。路地の奥で犬どもたちと骨を奪い合うか、犬に襲われ、嘲弄を浴びせられ、へどでべたつき、めった打ちに遭いながらも常に同じ姿勢、すなわち四つん這いでいる限り、ローマの城壁の内部で彼の正体が知られることはなかったのだ。ところで、ローマ人の王の娘がゴーフェルドと天使の密談を盗み聞いてしまったが、かわいそうなことに姫君は生まれつきの唖だった。というわけで、城の塔のてっぺんから偶然に見聞きしたゴーフェルドと天使との不思議な密談について、それが誰であれ、彼女には打ち明けることができなかったのだ。最後の勝利をおさめた最後の日、姫は塔から降りた。城塞へ向かった。そして、ドレスのスカートの裾をめくろうとする犬たちの間を縫って進んだ。彼女は堀にいるゴーフェルドに身を捧げるためにやって来た。戦いの武勲を果たした張本人が誰であるかを彼女は知らないわけではないと、その振舞いで彼にわからせようとしたのである。だが、彼は姫の申し出を拒絶した。みずからの羞恥をものともせず、彼の子を欲した姫君は、一糸まとわぬ姿になった。彼は目を逸らした。そこで、小さな天使を孕むためにローマの姫君は自分の陰部を指で開き、トルコ人の制圧者がそこに入るのを待った。だが、ゴーフェルドは相変わらず押し黙ったまま彼女に背を向け、その場で永遠の都を去った。彼は森の奥で死んだ。師である隠者の庵に戻り、彼の帰還を前に天に召された師の骨をしゃぶりながら死んだ。隠者の骨を歯で砕き、髄液をすすり、みずからの魂の内部に師を葬ったのである。

15 (ラ・ヴァリオット)

ラ・ヴァリオットは、バロック時代を通じてもっとも美しい女性だった。パリでもっとも偉大な悲劇役者でもあった。本名はエリザベト・ディパネという。彼女はその美貌だけで劇場を満員にすることができた。オランジュ皇太子の劇団に七年間属したのち、ラ・ヴァリオットは一六二六年以降、王立劇団に入った。彼女はあらゆる貴族に身を任せた。そして、役者人生の引き際にアルマンティエール神父と結婚し、演劇界を去った。もう十六の小娘とは言えぬ妻に対して、夜着をつけずに自分の横で眠るよう夫は強いた。妻の身体を熱愛していた夫は、妻が死んだとき、彼女の頭蓋を自分の手元に残した。そして頭蓋の肉を削って、黒く塗らせた。妻のすぐそばで眠ることができるよう、寝室にある円柱付きの書物机にその頭蓋を安置した。眠気に誘われないときには今でも、夜中に彼女と囁き合い、思い出を名づけたり、幸福な時間を思い起こすのだと彼は語った。

16 （アンヌの頭蓋）

一六四〇年、アンヌ・ド・ランクロ〔フランスの貴族（一六二〇―一七〇五）。サロンを主催するほどの才女であると同時に高級娼婦でもあった〕は二十歳だった。リュートとテオルボの名手で誠実な人物、肌は信じがたいほど白く、声音は麗しく、日本風の華奢な体つきで、背はとても低く、瞳は漆黒、踊りもうまく、イタリア語とスペイン語を操ることのできる人物だった。アンヌ・ド・ランクロはニノンと呼ばれるのを好んでいた。彼女はこう語った。

「愛とは、愛をかきたてた人物にいかなる美徳も前提としない感情です。私たちのものではないある意志が問題なのですから、愛はいかなる認知も与えず、いかなる賞賛も要求しません。予期せぬ欲望、嫌悪への偏向、時間への隷属、これこそが愛の正体なのです」

＊

アンリ・ド・ランクロは今際の際に娘を呼び寄せて言った。

「娘よ、時間だけを大切にしなさい。数や齢、地位、対価、状況――そうしたものはどうでもよい。ただ、時間の中にある物事の選択だけがそなたに喜びを与えてくれるのだから」

「お父様、言葉尻を捉えるような真似をして申し訳ございません。ですが、ふたつのフランス語を並べて「私が喜ぶ《ジュ・ジュイ》」と言うとき、それが何かを意味するとでもお父様はお考えなのでしょうか」

「雲のように振る舞うという意味だ。そして「私が降り注ぐ《ジュ・プル》」と言ってみるがよい」

「ですが、かつて私を降らせたいとお望みになったお父様自身も、本当にそのようにお考えなのでしょうか」

父からの答えはなかった。

八十を過ぎて死期を迎えたとき、ニノン・ド・ランクロはこう言った。

「いずれにせよ、誰が私にこんな人生を与えようとしたのか、まったく、首を吊ってもおかしくない人生でした」

彼女は「首を吊る」と言ったが「ギロチンになる」とは言わなかった。

*

彼女の死から半世紀後、フランス宮廷では頭蓋を手元に置くのが流行となった。心の嘆きが枯れ、自責の念による苦しみもないとき、人々は頭蓋をうっとりと眺めて過ごした。イエズス会の神父たちは、頭蓋を見つめるだけで祈祷に価すると主張していた。頭蓋をなでることは、神への祈りのことばに等しいとのことだった。人々はこれら死者の頭部を小さな照明とナイトキャップで飾り立て、頭蓋をさらに魅力的にみせようとした。王妃マリー・レクザンスカは、ニノン・ド・ランクロの頭蓋を書物机の上に置くよう命じた。戦の参謀官だったダルジェンソン侯爵によると、王妃はときおり頭蓋を軽く叩きながらこう言っていたそうだ。

「さあ、私の可愛いお嬢ちゃん！」

＊

ニノンの死後、埋葬前に彼女の首が斬首されたのか。

あるいは、墓が暴かれ、屍体が掘り起こされ、残っていた骨が切断され、頭蓋が取り出され、洗浄され、白骨化したあとで、フランス王妃の手に渡されたのか。

十八世紀を体験しなかった者にはおよそ理解できない、生きる喜びがそこにあった。

17　地獄の罰

モベールは師《メートル》アルベールのことで、師《メートル》アルベールといえば、アルベルトゥス・マグヌス〔ドイツのキリスト教神学者（一一九三頃―一二八〇）。トマス・アクィナスの師であり、錬金術にも精通。主な著作に『植物について』『鉱物論』など〕のことだ。アルベルトゥス・マグヌスによると、「地獄の罰」は地獄でもっとも重い罰を指していた。地獄には三つの罰が存在する。感覚の罰、永劫の罰、そして地獄あるいは損失の罰である。感覚の罰は五感が受ける苦しみの強度に関わる。永劫の罰とは、その苦しみに救いも限界もなくなり、それが永遠に続くもの。最後に、神や楽園、物質世界、固有性、慰め、休息、回帰への信心が魂から奪われるのが地獄の罰である。

消失――これこそどんな人間にも起こりうる罪のなかでも最悪の罰だ。

「すべてを失った／私は絶望している」呪われた者はみなこう言う。

「罰《ダン》」はペルシア語では「デュゾク」と言うが、それは「時間が過ぎない」という意味である。地獄に堕ちた者に向かって、永遠なる神はこう言った。「三日が千年つづく」、と。「罰《ダン》」とは、止まった時間のことなのである。

時間が存在しないような病がある。ひとりの老婆がベッドの縁に腰掛けている。彼女は足をぶらぶらさせている。ネグリジェは腰の辺りで丸くたぐり寄せられていて、性器を囲む白く短い毛が見える。眼からは涙がこぼれている。束ねた白髪はほどけている。背中は音もなくむせび泣いている。

そっと彼女に近づかねばならない。まずはその手を握って、優しく撫でながら安心させてあげなければならない。服を直してあげるのはそれからだ。

18（ベレロポン）

ベレロポン〔ギリシア神話に登場する英雄〕は古代ギリシア世界における最初の憂鬱な英雄だった。『イーリアス』で、ホメロスは彼についてこう記した。「神々にとっての憎しみの対象となったその男は、アレイオンの原でたったひとり、悲しみを胸に抱きながら、あらゆる人間の痕跡を避けてさすらう」ホメロスが書いたか書きとらせたかしたこの詩行には、憂鬱《メランコリー》のすべてが詰まっている。迫害、孤独、象徴不能、厭世。そしてとりわけ、まるで獲物に執着する野獣のように心に喰らいついた深い悲しみ。みずからを喰らう不幸。わたしは「いにしえの国」である。殺戮のために国々を進軍し、あるいはまた、殺戮現場を一目見ようと膨れ上がる無秩序な群れのように騒々しくてけたたましい、地面を叩きながらまくしたてる人間存在から逃れるために、わたしは矢も盾もたまらず孤独と沈黙の呼びかけに応答した。軽率とはいえど、わたしがその場から急ぎ立ち去らないことは稀だった。わたしが一瞬で姿を消すのを見た人たちは、極度の不安がそうさせたのだろうと推察するが、それは誤りだ。それは不安よりも有害な感情、つまり人間性という感情のせいなのだ。

「孤独《ソリチユド》」とは、砂漠を意味する古ラテン語である。

孤独からの呼びかけは、社会がその始まりから人間に対して行ってきた、もっとも抗し難い呼び声のひとつである。

孤独は普遍的な経験だ。この経験が社会生活よりも古い理由は、第一の王国での最初の人生が孤独な生だったたから。

「誕生する前の生はひとつの経験だった」と、聖アウグスティヌスは書いている。

中国語では、「読」と「独」は同音異義語だ。

書物を開くことで、人は死者たちに向かって扉を開け放ち、彼らを迎え入れる。そのとき、彼は自分自身がこの世にいるかどうかさえ忘れている。

19　前修道長

八四〇年、地方総督が北部の修道院の視察にやって来た。修道長のオバク神父は、総督になにひとつ隠し立てしなかった。書類一枚すら隠蔽せず、行政にかんするあらゆる書類と出納帳を総督に見せた。総督のあらゆる質問にも答えた。あらゆる部屋を見せて回った。倉庫の扉もすべて開けた。修道院の開祖以来の歴代修道長の肖像画が並んだ大広間に着いたとき、ふたりは初めて腰を下ろし、半円になって広間の壁を眺めた。最初、ふたりは黙っていた。すると、壁に架かっている前修道長の肖像画を指さしながら、地方総督がこう尋ねた。

「あいつは今どこにいる」

「あれは亡き前修道長です」、とオバクは答えた。

だが、総督は食いさがるどころか、声を上げてこう言った。

「あいつの肖像画だということは知っておる。生前のやつをわしはよく知っていた。やつが死んだことも知っている。実によく似た肖像画だ。だが、やつは今、どこにいる」

神父は答えに窮した。

質問を繰り返しながら、総督は叫び始めた。

「やつは今、どこにいる」

困惑したオバク神父は、周りにいた僧侶たちに助けを求めようと振り返った。

誰もがうつむいて、なんと答えるべきかわからずにいた。

三度目に質問を繰り返したとき、総督は声を限りに叫んでいた。

僧侶たちは誰しも深く目を伏せていた。

肖像画の間には耐え難いほどの沈黙が流れた。

顔をこわばらせた総督は、頑として沈黙を破ろうとはしなかった。そのとき、修道長は不意に、最近修道院に入ってきたひとりの僧侶、暇さえあれば庭を掃除しているあの不思議な僧侶のことを思い出した。そして彼を呼びに遣った。例の僧が肖像画の間に着いたとき、彼は箒を持ったままだった。修道長は彼を総督に紹介した。すると総督は僧にあいさつし、こう言った。

「尊敬するお方よ、ここにいる紳士諸君誰ひとりとして、私の質問に答えようとはしてくださらない。彼らの代わりに答えてはくださらんか」

「あなたさまのお尋ねごととは、いったい何でございましょう」

「そなたの前にみえるあやつをわしは知っておる。やつが誰かも知っておる。それはオバク修道長の前任者だった、今は亡き神父、わしにとっても大切だった人の肖像画じゃ。だが、やつは今どこにいるのだ」

するとと僧侶はつぶやいた。

「ああ、総督様！」

総督は答えた。

「僧侶よ、なんじゃ。」

「総督様、ではあなたさまは今、どこにいらっしゃるのですか?」総督を見つめながら、僧侶は小声で尋ねた。

こう言うと、僧侶は足元の広間の舗石を静かに掃きはじめた。

地方総督は赤面した。

彼は席を立つと、僧侶の前で深々と頭を下げた。そして彼に礼を述べた。そして手にもっている箒を是非いただきたいと懇願した。僧侶は箒を渡そうとはしなかった。総督は、箒の僧侶に敬意を祝する宴を準備するよう命じた。宴が終わった夜、オバク神父は森に入り、アカシアの枝で首を吊った。翌朝、太陽がまだ昇る前に、カラスたちはもう彼の耳をついばんでいた。

20（君自身にならないこと）

フランク族たちの王国の古都近くに建てられた壮麗な城では、あらゆる窓や扉のペディメントの上に、「シ・オムネス・エゴ・ノン」というクレルモン家の金言が刻まれていた。「みんながそうでも、私は違う」という意味だ。全員残らずそこにいようが、少なくとも私は違う。一族は面子を揃える。社会は臣下を服従させる。「みんなのもの／国家《レス・ピュブリカ》」は、あらゆる「私的財産《レス・プリウワタ》」、すなわち教育、意識、知、病、夫婦生活、老い、死を公表し、規格化することによって成長した。子宮の中にいる胎児ですら、写真に撮られる。それは一人ひとりの内面ですら、あらゆる人々から監視されているということ。

「主よ、私はすべての者なのです《オムニス・ドミネ・エゴ》」

＊

「君自身になりなさい《ゲノイ・アウトス・エシ・マトン》」、ピンダロスは『ピティア祝勝歌』第二巻にこう記した。いや、そうではない。君自身になってはいけないのだ。なぜなら、個別化をもたらすのは固有名詞、つまり場所を独占する言語行為であり、言い換えれば、内面化された声を介する社会によるコントロール、要するに際限なき隷属でしかないのだから。擦り込まれた集団言語から与えられた苗字をとおして、一族の奴隷になってはいけない。そうなれば、お前に与えられた名が、お前の身体という場所を占めてしまうだろう。

自身《アウトス》になってはいけない。君と同一物になってはいけないのだ。同一にはなるな。「同一」と「自分自身」とは違うからだ。だから君そのものになるのではなく、自分あるいは自分自身、自己、親密で神聖不可侵なもの、伝達不可能な部分、往古になるべきなのだ。

話者となった人間にとって、自己主義《エゴイスム》とはおそらく実現不可能な目標なのだろう。われわれは、自分が決めた決断で自分自身を傷つける。まるで自分の雛の卵をみずから割る親鳥のように。もし誰もが自分を憎んでいるのなら、「君の好きなように」という慣用句にどれほどの価値があるのか。内面と呼ばれるものは、全体の声によって支配されるよりもずっと前に、母の声によって作られた。だから「私的」な声など、誰ひとり聞いたことはないのだ。実のところ、身体の奥底には内面などない。

君がそうであるものになるな。自身《アウトス》になってはいけない。同一にはなるな。他人と違うものになろうとはしないことだ。なぜなら、他人とは違うものになるという欲求こそが世間なのだから。それこそ、大多数の慣習とライバルたちのそれに迎合することだ。面白いことをしようとするのは、識別されたいからだ。面白いことをしなくてもよい。何者にも同一化するな。君自身と同じになるな。君自身の方へと歩み寄る必要はない。自分を支配する内的律動のもっとも激しい部分、自分自身の生の内部で生きているもっとも自律的な部分——というのも、われわれは皆子どもなのだから——に本当に至った者は誰ひとりとしていない。男であれ女であれ、われわれは皆、女たちから生み落とされた。彼女たちがわれわれの故郷なのだ。われわれは皆、蠱惑された者、教化された者、そして盗人だ。われわれのうちにあることばは、起源のない、盗み取られたものにすぎず、それ自身嘘つきのことばなのだ。われわれは核をもたない存在だ。ネオテニーとはつまり、「われわれは本能のない動物である」という意味である。国家言語の習得が暴露するのは、「われわれを差異化するのを可能にしたものはすべて、後天的に獲得された」という事実である。ふたつの王国の岸辺から遠く離れたわれわれの「実体」は、性的興奮を引き起こす開口部や、時間的未完遂の状態とあまり違わないものだろう。穴、口、目、肛門、耳、鼻腔――、人間は皆、こうした動物的な部位を通じて接触されるのに、人はこうした動物性から解放されたいと願っている。開口部はすべて未完遂の点である、と荘子は言った。人間たちは九つの体孔を地面と空に向けている、と書いたのも荘子だ。

21
主人《イプシムス》

古代ローマ時代、奴隷たちは主人を「イプシムス」と呼んでいた。イプスが「自身」の意味なら、その最上級であるイプシムスは「自分自身のなかで最高の自分」という意味になるだろう。こうして、支配の最上級表現は、みずからの影響下にある奴隷根性をも暴露する。社会生活で、極度の依存状態が持続する中で、主人への強烈な同一性が「臣下《スジエ》／主体」たちによって担保され、こうして「臣下《スジエ》／主体」は、あらゆる私的な生を放棄する。共同体のことばを学んだ瞬間、ちっぽけな人間は自発的にみずからに服従し、「臣下《スジエ》／主体」となる。

それは、服従と信仰になり果てた魂である。

反逆というものが、信じられないほど容易であると同時に、信じられないほどに珍しいのはなぜか。

ローマ人たちの「主人《イプシムス》」は、迫害者としての「彼」を作り出した。偏執病患者《パラノイヤック》たちが自分の父親だと思い込む「彼」のことだ。専制社会では、この猛獣的な主人は独裁者となる。民主主義社会で、この神聖な主人は過半数となる。我は云々……と彼らは言う。我が云々することを彼らは望む。我が云々であると彼らは考える。それは、ことばを使う者の中心でことばの使用を免除する、承認された「主語使用者《エゴフォリー》」ではもはやなく、「女主人《イプシマ》」となった蓋然的見解《ドクサ》なのだ。規範となった全体意見でもある。欲望となった「市場の掟」でもある。絶えざる意見アンケートでもある。激しい争奪を巻き起こす選挙前の選挙予測でもある。人間たちよ、インカ皇帝やファラオや神や皇帝ナポレオン一世を養うために、すべてを我慢するのはおやめなさい。だが、陶酔を招き、対立を生み、社会に興奮を与え続け、信頼を増幅させる争いごとを魅了する宗教と手を切ろうとしないのは、ほかならぬ人間社会そのものなのだ。

社会に背を向け、信じることを止め、眼差すものすべてから目を逸らし、監視より読書を好み、彼らを誹謗中傷する生者たちから死者を守り、目に見えないものを救うこと、それこそが徳である。逃亡する唯一の勇気をもつ希少な人間たちが、森の奥にふたたび姿を現わす。

22　分け隔てられ、聖別された交渉《コミュニケーション》

日の光の中で初めて産声をあげたとき、暗く、声もなく、孤独な液体の世界の喪失をわれわれは携えていた。失われたこの地とその沈黙を、その手につかむことはけっしてないだろう。ひとつの暗い洞窟、地下道、自分に先んじる影、薄暗い淵、水に濡れた岸辺――、それらはどこにいようとも人々の魂に憑きまとい続ける。どんな胎生動物も自分の隠れ家を持っている。私のものではなく、私そのものであるひとつの場所、という考えだ。

身体をもつよりも前に存在した、ひとつの場所。

自分の内に秘められた一番古い世界をたどるという親密な行為こそ、もっとも貴重な財産だ。

誰にも明かしたことのない秘め事、自分自身に対してすら明かされるわけではない秘め事によって、われわれはつねに守られている。

秘密をもつ者は魂をもつ者である。

*

露骨で、少なからず当惑させるものでありながらも、神秘的なまでに夜に浸されたひとつの場面が、手提灯と蝋燭、燭台に囲まれて、その場面が作り出した身体のはるか此方をさまよっている。交渉《コミュニケーション》よりもはるかに古いひとつの非－交渉が、大気中の世界のどこかに潜んでいるはずだ。それは言葉にも、芸術にも、共同体にも、家族にも、恋の告白にも従属することのない、飼いならすことのできぬ動物的な領域。

臨床的ですらある、個人の魂の自閉。

男であれ女であれ、一人ひとりの心は搾取されえないものであるべきだ。

どんな犠牲を払っても他人に知られてはならないもの。他人の妬みを刺激することも、野獣や鳥たちに感知されることも、盗まれることも、食い尽くされることもあってはならないもの。

*

クリプタディア〔ギリシア語で「隠された物」という意味〕とは、識者たちがかつて猥雑な民話集に与えた名前だった。彼らは宮殿本館の地下室へと降りていった。そして、彼らの父親が拵えた悪魔払いのための絵《イマージュ》を「秘密の博物館」へと隠した。それはナポリでのこと。醜聞を呼びさましかねない人間の起源を隠蔽するために、マザラン邸の屋根裏まで登り、それがあたかも亡霊たちの冥府を描いているかのようにみせかけて、ラブルスト様式〔旧フランス国立図書館の設計者の名〕の鉄の引き出しの中に閉じ込めた。それはパリでのこと。

鉄製のその戸棚を彼らは地獄と名付けたが、それは彼ら自身の羞恥が紛れ込んだ古書の並んだ美しい蔵書の中に築かれた貯蔵所のようでもあった。

書物は想像の空間を開く。その空間はそれ自身原初の空間であり、そこでは、個別の存在の一つひとつが、動物としての起源の偶然性と、生者を再生産へと導く制御不可能な本能へとふたたび召喚される。書物は危険なものかもしれないが、それ以上に、ありとあらゆる危険をみずから引き受けているのが読書である。

読書は、読む行為に全霊を傾ける人々を完全に変貌させる体験だ。真の書物を部屋の片隅でしっかりと握りしめていなければならない。なぜなら、真の書物は共同体の慣習に常に逆らうものだからだ。読書する人は「別世界」、部屋の壁の隅の自分だけの「片隅」に独りで生きる。こうして、読者は書物を通して、都市にいながらにして、かつて体験した孤独が穿つ深淵にたった独りで、身をもって対峙するのである。読んでいる書物のページをただめくるだけで、たったそれだけで、読者は彼自身を生み出した（性的な、家族の、社会的な）裂け目を裂き続ける。

どんな読者も、父親の家の外階段の下で生きたあの聖アレクシスのごとき存在である。彼は運ばれて来た茶碗とおなじくらい、物言わぬ存在となった。

差し出された手紙だけが、彼がもうこの世にいないことを証明する。

口に出して発音されなくとも、ただ文字で書かれた書字表現を介して、何かが聞き届けられる。

文字を読む人は、自己も名前も係累も地上での生活も失った人だ。

別世界に属する何かが、文学の中で響く。

秘密に属する何かが伝えられる。

＊

われわれは、誰に対するわけでもないある秘密、胎児の姿をし、押し黙ったひとつの秘密として、闇の中で始まっていた。われわれの母の胎内に果たして群衆などいるだろうか。七つの孤独が存在する。第一の孤独は、胎児の孤独だ。われわれの人生の始まりは、空港ロビーのように照明に煌々と照らされた場所ではなかった。最初の生を生きている間、われわれは松明や星々はおろか、何も知らなかった。生の最初の経験においては、太陽すら存在しなかった。ずっと後になってこの最初の滞在を想起しながら、われわれは毎夜、カーテンや雨戸を閉めて故意に作られた暗闇の中でひとり夢を見る。それは夜の孤独だ。九十分ごとに、夜の間に三度から四度にわたって、上げ潮と同じくらい規則的なリズムで、理解不可能なイメージがわれわれに差し向けられる。脳の再統合にかかる時間が緩慢な眠りを規定する。他方、矛盾した眠りは、神経の無政府状態による支配と精神の無秩序、そして性器の勃起をもたらす。それは、集団と隠遁者の関係にも似た、時間に対する非‐時間を意味する。さまざまな苦役や努力を統合する作業は、日中や家族、社会、言語、国家、母の賞賛、主人の喜び、できるだけ大勢からの喝采、神の最大の栄光だけに関わる。望みもない。飢えもない。欲望もない。願いもない。幻想もない。そんな状態だ。一方、夜の孤独な夢は性器を勃たせるか膨張させ、眠る男や女の身体を「孤独へと打ち棄てる」この生きるための秘密が性的な孤独の正体だ。恐怖の中で手が思わず隠すものがこの「ひとり」(性器)なのであり、身体の中心に位置するこの奇妙な一神教なのだ。「ひとりの慰み」と呼ばれる快楽は、夢がもたらす勃起から幼児の自慰行為へと移行する。ついで、思春期に固有の、異性愛への好奇心にも似た、貪欲で熱心で頑固な「手淫《マニュ・ステュプラティオ》」の番だ。こうして、孤独を介して、身を隠したり服従する必要のないひとつの世界が開かれる。それは過激な祈りのような孤独だ。つまり、社会性を犠牲とする信仰、あるいは、蓋然的な見解による禁忌を解き、集団的な束縛から解放されるための信仰という意味での孤独。パレスチナの砂漠の隠士たちが祈りと呼んだものは、おそらくわれわれ近代以降の人間が思惟と呼ぶ行為に近いだろう。祈りにおいて、生は孤独と化す。祈りにおいて、言語は別世界のものとなる。わたしが読書とよぶもの、いや読書行為一切は社会的な孤独による。ベネディクト・スピノザの言葉。「人間が幸福でいられるのは、自分自身にしか服従しない孤独の中だけだ」マルクスの言葉。「われわれが失うべき唯一のものは、われわれを縛る鎖だ」第六の孤独は断末魔の孤独だ。瀕死の猫や、瀕死の人間、瀕死の犬たちは自発的に遠ざかる。だが、人間世界にとどまろうとする者たちは、死が訪れるより先に、瀕死者から遠ざかる。彼らは瀕死者を完全な孤独の中に打ち棄てる。屍体を前にしたときの激しい恐怖が孤独の空間を開くからだ。それは空間のただ中にできた想像上の穴であり、死を免れたという事実に取り憑く欠如、穿つか埋めるべき欠如でもある。最後に、沈黙の孤独が意味するのは、ことばの世界におけることばの放棄である。ひとりごち《ソリロキウム》るのではなく、完全な沈黙をとおしてみずからひとりであると感じること。ビオン〔イギリスの医学者で精神分析家（一八九七—一九七九）〕の言葉。「ひとりでいられる能力こそ、人生の目的である。孤独は創造性の基礎である」メラニー・クライン〔ウィーン出身の精神分析家（一八八二—一九六〇）。児童分析を専門とした〕の言葉。「孤独を感じることは、織り込み済みの目的だ」

*

孤独は誕生に先んじているのだから、社会を価値あるものとして弁護すべきではなかろう。

非‐社会こそが目的なのだ。

思考はたえず限界にぶつかるが、それは思考の起源のせいであり、思考のもたらす苦悩が思考を限界に服従させるからである。

幼年時代《アンファンス》というフランス語は並外れた言葉だ。それはイン‐ファンティア（*in-fantia*）という語から派生した。フランス語で「しゃべれない」という意味だ。この言葉は、わたしたち一人ひとりの水源をなす、社会的ではない始まりの状態へと送り返される。われわれがことばを習ったのは、起源の状態においてではなかった。近親者の唇に浮かぶ言語を学ぶことを強いられた、「話さない人」がわれわれなのだ。だから、いかに成長し、年老い、学習し、読書しながら学んだところで、われわれ自身は、ことばが常に消失する肉体でしかない。永遠にかつての子ども、かつての話さない者、胎生動物、さらには、言葉が自生でも必然でもなかったふたつの世界に生きる存在者がわれわれなのだ。自己愛《ナルシシズム》に先行する孤独、子ども特有の極度の忘我、遺棄、人生の始まりを彩る苦しみ。それらは忘我や瞑想、読書の此方にある、心の忘我と言うべきものでもある。われわれの内面にあって深淵を穿つこの忘我は、自閉症にまで発展することがある。破滅的な郷愁《メランコリー》は意識に先立ち、閉じた回路のように魂を内側に折りたたんでしまう。わたしがここで喚起するのは、分別をもち、習得され、意味を与えられた、国家単位のことばによって毒される以前の内面世界なのだ。時間的にいえば、郷愁的なこの状態は意識の成立に先立っている。同一性《アイデンティティ》にも先立つ。仮に意識を堂々巡りのことばと解すなら、身体には母性的な聴覚世界を承認する時間が必要だっただろうし、また、その後で、遡及運動と省察、自己把握が成立するためには、聴覚世界をみずから獲得するための時間も必要だったはずだ。そのためには少なくとも二年間生きる必要があった。意識が生じる前のこの閉鎖回路こそが、秘密をなす空間の正体である。読書はこうした内面の忘我を蘇らせ、認知する。読者はこの眩暈を崇拝することができる――反対に、読書を拒否する者はこの眩暈を嫌悪する。だが、この眩暈こそまさしく、われわれの源なのだ。

　オルガスムの特徴は、時間的であるという事実に負っている。それは持続の意識の喪失である。

　同じ特徴が読書にも見出される。

　完全に別の世界の「虜となった」身体について、わたしはここで語っている。内的世界との不可能な邂逅に魅せられた身体。内面という内容物との修復不可能な調和。「ループ」への狂おしい情熱。それは愛の狂気でもある。つまり、別の誰かとの直接的な交流をふたたび見出すことが可能であると信じてやまない狂気。

通りを横切ろうとして軽トラックに轢かれて死ぬ直前になされた最後のインタビューで、ロラン・バルト〔フランスの批評家（一九一五―一九八〇）。『エクリチュールの零度』、『物語の構造分析』、『明るい部屋』〕は、民主主義的な社会で自立した生活を営むことは、今後真の挑戦になってゆくだろうと断言した。そして、みずからの不可分性を完璧に生きていると主張する人は、非常に困難な人生を歩むことになるだろう、と付け加えた。危険に満ちた森に分け入ってゆく、ブルターニュ地方を舞台とした古典作品に登場するたくさんの騎士たちと同じくらい難解な冒険を、その人は体験することになるだろう。事実、こうした態度はこの先、もっとも新しい生活様式と衝突するだけでなく、社会による監視、道徳的連帯、集団衛生、科学と、その科学によって認可され、妥当性が検証されたネットワーク――、こうしたものすべてに対立することになろう。ロラン・バルトはこうも明言していた。「権力が決して容認できない唯一の行為とは、退去による異議申し立てです。それは非合法な行動によってしか実行できないのですから。つまり、まやかしによって。権力を攻撃することで、権力に立ち向かうこともできましょう。ですが、退去は社会にとって同化し難いものなのです」

愛はこうした「それ」、つまり分け隔てられ、聖別された交渉《コミュニケーション》、秘められた生、社会や家族や共通言語とは相入れることのない濃密な生である。フランスで書かれたもっとも美しい小説である『ヴェルジーの女城主』〔十三世紀フランスで書かれた作者不詳の小説〕では、愛は第三者によるあらゆる介入を排除した関係として描かれる。打ち明け話すらも排除する関係。隠れ場の秘密を課す関係。イギリスで書かれたもっとも美しい恋愛小説である『嵐が丘』でも同じことだ。そこでは、秘密は語ってはならないものである。愛の告白が外部に漏れ出るとき、それは恐ろしい結末をもたらす。だから、告白は手紙によってのみなされなければならず、それは誰の耳に届いてもならず、自然からもあらゆる社会階層からも隠されねばならないのである。

「口ではけっして言えないことを
書き記すのをどうかお許しください」

＊

23（ホルノック伯爵夫人）

ホルノック伯爵夫人は漆黒の瞳をしていた。髪も漆黒だった。痩せて、毛深かった。黒くて長いその体毛は一度も切られたことがなく、剃られたこともなかった。彼女は裕福だった。一六一五年の十二月、アントワープで一年の最後を祝う冬至の宴が開かれた。母親はすでに世を去っていたので、ホルノック伯爵夫人は祖母に付き添って祝宴を取り仕切ることになった。彼女は一番美しくありたいと願った。激しい気性の女だった。彼女は、緋色のビロード製のドレスと、おおぶりの金のネックレス、一頭の馬を象った金の指輪を作らせた。

「これは冬の太陽なの」、と彼女は言っていた。

すべてその意のままに整えられた。ただし金細工師だけは別で、彼は夫人の指輪を飾るはずの極小の跳ね馬像の脚を一本、彫り忘れてしまった咎で、尖った鏨で手の甲を刺されるという罰を受けた。ついに冬至の祭りの日がやってきた。明け方、伯爵夫人は衣服の糊づけ係を呼びつけた。極小の二段の折り返しのついた胸飾りを夫人は選んだのだが、糊づけをした娘の仕事の出来ばえに満足していなかった。

胸飾りのふたつの折り目が完全には平行ではないことを娘に理解させようとしたとき、夫人同様に苛々していた娘は作業をやり直すことを拒否した。夫人と娘は取っ組み合いの喧嘩になった。伯爵夫人は糊づけ女の首元に噛み付いた。そして首の肉片を噛みちぎった。血しぶきが溢れ出た。夫人を制止せねばならなかった。そんな振る舞いはふさわしくない、と家人たちは説き伏せようとした。だが、若い伯爵夫人は耳を貸そうともしなかったので、とりあえず彼女に煎じ茶を飲ませた。彼女を横にして休ませた。糊づけ係の娘を手当てしようとしたものの、簡単にはいかなかった。奇妙な幻覚に苛まれ始めていたのだ。そこで娘を家に送り返した。今度は年配の縫い子が呼ばれた。そもそも緋色のドレスを縫ったのは彼女だったのだ。おっとりした沈着な老女で、ドレスを裁縫したときにはなんの問題もなかった。もう時間もないことから、布の折り返し部分に添って真珠飾りをほどこしたアーモンド型のフレアー部分にプリーツを一本だけつけることにした。だが、実際に老女が夫人の首にひだ飾りを着けてみると、似合わなかった。口論になった。あっという間に伯爵夫人は老女を殺さんばかりに打擲していた。というよりもむしろ、最初に平手打ちを食らった際に、老女はそのまま床に倒れたのである。ホルノック夫人は老婆の身体を踏みつけた。家人たちに身体を支えられて、祖母が階下に降りてきた。そして、関節の外れた老いた縫い子の身体が床に転がっているのを見た。祖母は孫娘が正気を失ったと考えた。老伯爵夫人はすぐに医者を呼びに遣った。するとひとりの男がまたたく間に居間の戸口に現れた。白髪の男だった。医者か、と尋ねるとそうだと言った。彼の名は？　ド・ヘル氏。男は金の胴衣を着て、金の肩帯を身につけ、黄色の長くつ下をはいていた。奇妙だったのは、彼の金色の長靴に泥がこびりついていたことだ。踏みつけられた老女を男が抱き起こすと、突然、男の腕の中で老女が呻きはじめた。男は老女を窓際の腰掛けに静かに寝かせた。老女の顔の上には太陽の光が差し込んでいた。

「あなたさまは太陽です」、老女はそう言うと呼吸を取り戻した。

男は老女を窓際の腰掛けに座らせた。ホルノック家の一切を任されていた執事は謎の男に近づいて、言った。

「ド・ヘル殿、あなたさまがお医者さまとは信じかねます。あなたは異界の創造物《ひと》でございますね」

「そのどちらでもないよ」と彼は執事に答えた。「わしは仕立屋だ」

「あなたさまのお召し物は実にご立派でございます」

「そうあってほしいよ。立派な衣装に身を包んでいるのは、私が針を使ってできることを証明するためなのだから」

若い方のホルノック伯爵夫人はすぐさま言った。

「ちょうど仕立屋が必要ですの。五分前にはまだ死んでいたあの女は縫い子だったのよ」

「あなたがはめていらっしゃる指輪はきついでしょう」

「私の指輪のことがお分かりになるの？　もちろん、あなたが領主でいらっしゃることは存じておりますけれど」

「どうして私が領主だとお思いになるのです？」

「領主だと分かるのは、あなたが身につけていらっしゃる肩帯のせいですわ」

「たしかに馬を持ってはいる。だが、私は仕立屋なのだ」

「あなたさまは北フランドルからいらしたのでしょうか」

男が若いホルノック伯爵夫人の手をいきなり握ったので、夫人はびっくりした。男はといえば、後ろ脚を上げた跳ね馬の姿を象った夫人の指輪を長々と吟味した。

するとと、若い伯爵夫人の身体が震えはじめた。

男は夫人の手を放して、その美しい青い瞳を夫人に向けるとこう言った。

「腹が減った」

そして、床に踏みつけられていたひだ襟を指さした。

若い伯爵夫人はたちまち落ち着きを取り戻した。

そして唖然とした様子で男を見つめた。

彼は提案した。

「老女を傷つけ、死へと追いやってしまう前に、あなたがあの縫い子に作らせようとしていたひだ襟の仕立てを私にお任せくださらぬか」

彼はそれをやってのけた。ホルノックの若夫人は一言も言えぬまま、ただ男を見つめていた。金糸で縁取られたひだ襟の美しさは筆舌につくせなかった。彼みずから若い女の首元でそれを縫ったのだ。伯爵夫人の姿を見た人々はみな、彼女を王妃か聖女と勘違いした。たった五分で、ひだ襟は仕上げられたのだ。

「これは指輪どころか、ただのひだ襟にすぎません」、と彼は言い添えた。

だが、若夫人はまるで唖のようになってしまった。彼女はだまって彼を見つめているだけだった。

彼は彼女をまっすぐ見据えると、こう言った。

「もう一度言うが、私は腹が減った」

夫人みずから彼を台所まで案内した。

*

助役と一緒に舞踏会を開くのは、ホルノック伯爵夫人の役目だった。宴を開くやいなや、ひだ襟が徐々に首を締め付けてゆくのを彼女は感じた。そして、少しずつ彼女を赤面させる何かが起こり始めた。

ひだ襟に締め付けられるにつれて、求められたダンスでステップを踏むたびに、性器の唇が弛んでいくのを彼女は感じていたのである。夫人はアントワープの町の議員すべて、その一人ひとりと踊らねばならなかった。

性器から少しずつ液体が漏れはじめた。踊る先から床に跡が付いていくのが彼女には見えた。彼女は気が動転した。周囲を見回した。ついに扉の縁に立っているド・ヘル殿の瞳に出会った。彼は麗しかった。胴衣を身につけていた。金の肩帯が腰に巻きついていて、黄色い長くつ下の上に垂れていた。だが、長靴は汚れていて、まるで田舎道か沼のほとりを歩いてきたかのようだった。彼の背後、スヘルデ河に向けて開け放たれた窓からは、夜景と船舶のマストが見えた。月が港を照らしていた。船べりの上でせめぎ合うさざ波全体に月が煌めいていた。船体の周りに立つ大波にも月が輝いていた。

彼は帽子を脱いだ。

たちまち白髪が現れ出て、霧でできた一種の暈がその髪を後光のように囲んでいた。

若い伯爵夫人はダンスのパートナーを見捨てた。

そして彼に近づいた。

彼は彼女の方に行かなかった。ただ両手を差し伸べただけだった。

彼女は両手を彼に委ねた。

彼は呟いた。

「おまえの頬は赤く染まっている」

若い女性の両手は燃えるようだった。

「付けていただいたひだ襟がわたくしの首をちょっときつく締め付けるものですから、漏らしてしまうのです」

いた。


「では弛めてさしあげよう」

「このままでかまいません。わたくしはあなたが欲しいのです」

欲望がなによりも強かった。彼女は彼の手を握った。胯の間で陰門が脈打っているのを彼女は感じていた。

「さあ、こちらへいらして」、と彼女は言った。

ふたりはバルコニーの方に向かった。彼女は北側の東屋の裏に彼を連れ込んだ。そして脚衣の中をまさぐった。

彼女は黄色くこわばった柔らかい性器を露わにした。

いくらびっしょり濡れてはいても、伯爵夫人の性器は極めて狭かった。数度の試みの末に、ド・ヘル殿はやっと彼女の中に入ることができた。オルガスムに達し始めると、彼女は唇の間から舌を差し出したが、殿はけっして口を開こうとせず、伯爵夫人は舌を彼の口に入れることができなかった。

叫ぶことすら彼女には叶わなかった。

息をつくことすらできなかった。

そして突然、彼女は暗闇の中へ仰向けにくずおれた。

＊

翌朝、若い方のホルノック伯爵夫人を呼びに館に行くと、彼女はバルコニーの東屋の後ろで身体を伸ばして倒れていた。豪奢なドレスはたくし上げられ、痩せた足がのぞいていた。家人が彼女に近づいた。そして叫び声を上げた。彼女のひだ襟を外した。ドレスを弛めた。深呼吸させるために、腹と脇腹を両手で押さえた。だが、彼女を蘇生させることはできなかった。仕立屋の姿を探したものの、男も馬も見つからなかった。若い伯爵夫人が死んでみな幸福だった。前夜の残り物で饗宴が催された。

24　ウイットコム・ジャドソン

ニュー・イングランドのある男が、金メッキ製の風変わりな二重の切り込みを発明した。発明品を名付けようと彼は知恵を凝らし、雷が空から落ちたときの稲妻から比喩を拝借した。彼は言った。

「お前を稲妻ジッパー《ファスナー》と名付けよう〔ファスナーはフランス語では「稲妻型ジッパー」(fermeture éclair)という〕」

彼の名はウイットコム・ジャドソン。彼は一八九一年にファスナーを売り出した。

別れの際にかつての英雄たちは金属札を二つに割り、それぞれ保管した。ホメロスとピンダロスはその金属札を象徴《シンボラ》と名付けた。歳月が流れたのちの再会の時に、英雄たちはふたつの破片の両端を重ね合わせた。パズルのピースがもうひとつのピースにぴったり合ったとき、眼差しがかつての友の顔を認知したのだ。

それはまるで、実際に出会うよりも前に、すでに悪夢の中で繰り返し見たことのある、蛇の並んだ歯列を現実世界で鼠が認知し、そのとたんに身動きが取れなくなってしまうのとまったく同じことだ。

鼠は恍惚とした様子をしている。

そのとき、蛇の歯牙の下で、鼠はより大きなかつての形態へと変貌する。その形態は空間の中で待たれていたもの、そして鼠自身が夜の世界で見ていたものだ。

一八九一年末、ジャドソン氏の鉤とステッチ付きファスナーを買ったのは十一人だった。

一八九二年には二十二人。

一八九三年には三十三人。

一八九四年には四十四人、等々。

一九〇〇年には百人。

一九〇一年、ウイットコム・ジャドソンはユニバーサル・ファスナー社の破産を申し立てた。

一九〇九年、ウイットコム・ジャドソンが死の床にあったとき、部屋に入ってきた妻の手を取り、その手を握りしめた。そして彼女に尋ねた。もうかれこれ二十年も昔のことになるが、お前はまだ覚えているかい？　金色のふたつの鉤を互いに裏向きに接合して、けっして弛まない歯を私が発明したことを。

だが、その発明品はもはや、嵐を想起させる馬鹿げた名前でしかなくなっていた。

25　脱　魂《エクスターズ》と帰　魂《オンスターズ》

孤独を「祈り」、そして祈りを「読書」と呼ぶことによって、わたしは極端な二極化に言及しよう。

それは、ギリシアの神秘主義者《ミスティック》たちが脱　魂《エクスターズ》（忘我）と呼んだものだ。

「神秘的《ミスティック》」という語は、ギリシア語では「沈黙した」という意味しかなかった。

「脱　魂《エクスターズ》」というギリシア語には「出立」という意味しかなかった。

最初に興奮状態《トランス》の中で身体がぐっと伸び、踊りはじめ、旋回する。

時間のふたつの断片が突然二極化するとき、脱魂のさなかの身体が後ろにくずおれる自分の姿を見ることはない。悦楽によって奪われ、そのとき悦楽以前に感じていた欠乏状態の記憶すら奪い取られてしまうために、それは、オルガスムに達する姿をみずから見ることのない欲望と同じである。夢見る自分を見ることのない夢見人と同じだ。また、読書中の自分を顧みることなく、物語の語る世界の中へとすでに旅立ち、そこに滞在し、馬を馳せ、航海する魂と同じでもある。脱魂においては、時間の一極化がどんどん進行し（時間を垂直へと方向づけ）、ついには時間を直立させる（男性器の二種類の位置取りが、時間の二足歩行的な在り方を基礎づけるように）。そのとき、脱魂は帰魂の境界に位置する。というのも、時間の不可逆的な性質ゆえに、遡及は時間にとって命取りだからだ。後ろを振り向くという単純な動作にもかかわらず、オルフェウスは死を生み出さずして振り返ることはできなかった。時間は後戻りできない。潜水夫が断崖の上に戻ることはできない。急な後戻りのさなか、時間は砕かれる。喪があんなにも激しく遺族を動揺させるのはそのためだ。狂った欲望が意味するのは、文字どおりそれが眩暈に襲われる、ということである。つまり、ふたつの異なる性をもつふたつの魂――方向性を失ったさなかに見出されたふたつの方向性――の間の、不可能かつあり得ない往復運動によって、性の両方の極それぞれが融解すること。この「往復」運動の矢がブーメランの発明を生んだ。日本固有の往復運動においては、絶えざる過去の湧出の積み重なりの上で現在が練り上げられる。起源以来、時間の波はますます大きく、ますます白く、ますます高く、ますます激しくなっている。夜空の奥で絶えず凝縮が進むことによって、それまで時間の内部に放出されていたブラックホールの空間が闇の物質に包み込まれてしまう現象がある、と物理学者たちはブラックホールについて語る。そのとき、物理学者たちは、そうとは気づかずに神経衰弱者に特有の回転運動を描写しているのである。その回転運動とはつまり、いまや彼らに語りかけながら正面に対峙する女性にたいして、彼らがまだ話すことができなかった頃に彼らを身体の中に宿していた母親の姿へと戻ってほしいと願う子どもたちの、実行不可能な後退にすぎない。

26　激烈な死

自死という壮麗で平明な語は、バロック期のただ中に生まれた。フランスの法学者はそれまで神父が使うような婉曲表現を用いていた。「自由意志による」死、あるいは「激烈な」死のどちらかが使われていたのである。宗教や迷信は多分、こうした致命的な行為が普通名詞になるのを恐れたのだろう。国語辞典に加えないことによって、おそらく罪を現実の外へと抑圧しようとしたのだ。だが、グイネヴィアの死を信じ込んだランスロット〔アーサー王物語に登場する伝説上の人物。主君アーサー王の王妃グイネヴィアと恋に落ちるが、王妃の死を信じ込まされ、自殺しようとする〕が鞍の前輪に紐をくくりつけたとき、一体彼は何をしようとしただろうか。逃亡と降伏を諦めたローラン〔十一世紀古フランス語で書かれた武勲詩『ローランの歌』の主人公ローランは、近づく最期を感じ取り、聖剣を岩にたたきつけようとした〕はロンスヴォーの岩山の隅で何をしようとしただろうか。「第三者によらない者の殺人」を表すために、ローマ教会の神学者たちは「自身《スイ》」に「殺害《カエデス》」を加えたラテン語を考案した。逐語訳すると、「みずからによる殺人」という意味である。一六五二年、カラミュエル司教〔シトー会に属するキリスト教高位聖職者（一六〇六―一六八二）〕は自著『基本道徳の神学《テオロギア・モラリス・フンダメンタリス》』の一章を「自死について」と題した。この言葉はまずイギリスで使われ、その後、フランスとイタリアに伝わり、最後にスペインに渡った。

27
自死について《デ・スイキディオ》

マルティン・ハイデガーはフォキオン〔古代アテナイの戦術家で弁論家（紀元前四〇二―三一八）〕と同じくらい躊躇せずに、こう書いた。

何人も、他人から死ぬ権利を奪うことはできない。人の人生を奪うことはできても、殺された人の死から彼自身の死ぬ権利を奪うことなど不可能だ。このハイデガーの一文によって、拉致としての死に可能性としての死が加わった。何よりもまず、人間を死という不可思議な拉致の人質とみなして、初めてこの文章の意味が理解される。

注解一。「あらかじめ知ることのできない死」における拉致とは、時間のことだ。逆説的であれ、人間が死と呼ぶのは、獲物の殺戮の記憶を模倣する第二の捕食行為のことなのだ。

注解二。可能性としての拉致は、人間における自死の前提となる。自死とは、みずからに対する殺人だ。自己に関する殺人とは一体何を意味するのだろうか。「自殺《スイカエデス》」？　自分の殺人者？　それが意味するのは、何人も他人からその人の自死の「可能性」を奪うことはできないという事実だ。

帰結。他人がみずからに与えた死について注釈しようと考える人間は、すべからく哀れである。

単に、誕生による不可逆的な事態が死なのではない。というのも、人間にとっての誕生は生命と一致しないのだから。死は避けえない原初性そのものだ。性を授けられた者なら誰しも、自分が受胎され、別の性の中に暮らし、この世にあり得る二つの性のうちのたったひとつを持って別の性から排出され、自分に与えられた性とともにある日殺されるか、死ぬか、みずから命を絶つか、そのどれかであるという現実を思わざるを得ない。死が時間を創出するとして、それは存在の地平としてでもなく、存在の起源としてでもなく、存在物の中の非‐存在としてでもない。「いつか死ななければならない」事実として、悦楽の内部に居場所を与えられた時間という意味で、死は時間なのだ（新しい存在者の再生産は、古い存在者の死を前提とする）。死とは、わたしが時間の中に位置づけることのできない時間である。なぜなら、その時間は欲望の中で生起するのだから。「何人も自分がいつ死ぬかわからない」という表現はまさに、溢れ続ける欲望の果てに生じる悦楽に結びついている。一方で、存在が受胎と同期することなしに時事性を生みだした、それ自身時事性のない場面を特徴づける「それは昔のこと」がある（時事性は誕生からしか派生しない）。そして、「それは昔のこと」の対蹠点に「いつか、死ぬ」が位置している。このふたつの平行に区切られた時間性、性的で、死すべきこの時間性は絶対的なものだ。胎児、生まれし者、自閉症患者、青少年、不幸な人、喪に服した人、苦しむ人、老人——、彼らはみずからのうちに「いつか、死ぬ」を抱いている。もっとも、死への道をひとつの助けとして、また、生とは異なる状態をひとつの頼みの綱として彼らに与えるのは、この可能性にほかならない。

＊

エピクロス〔古代ギリシア、ヘレニズム期の哲学者（前三四一―前二七〇）。快楽主義などで知られる〕によって考案され、ルクレティウス〔共和制ローマ期の哲学者で詩人（前九九―前五五）。主著は『事物の本性について』〕に引き継がれた「死は存在しない」という論証は詭弁である。この論証は三つの状態を明らかにする。死がやってくるとき、われわれは死を出迎えるためにもうそこにはいない。われわれの内に潜んでいた死の姿を知ることは不可能だ。だが、自死の存在によって、この第一の論証は虚偽と化してしまう。ところで、一般的な自死の場合も、もうこれまでと力尽きたときにルクレティウス自身が図った死を見ても、死という未来はわれわれにとって「完全に無縁なもの」とはいえない。激烈な感情のただ中で死という手段が常にわれわれに与えられていることからしても、未来がまったく予測不可能であるなどありえない。だって、未来は死を可能性として保持しているのだから。そして第三の、そして最後の論証とはこうだ。すなわち、われわれの存在に先んじているという理由から、虚無は人間の魂にとってけっして未知のものではないということ。自由意志によって死が選択される前提として、自死を選択する者は、何かが終わりを迎えているという事実を認識する必要がある。自殺者はゆえに、みずからの「死ぬこと」へとたったひとりで赴く死者なのだ。

*

何人も人生に対して不満をもらすことはできない。なぜなら、人生は誰も引き止めはしないからだ。この論証は、大小両セネカ〔大セネカは古代ローマの著述家で修辞学者。息子の小セネカはローマ帝国期のストア派哲学者であり詩人〕の著作で繰り返し述べられている。父セネカはティベリウス帝、息子は皇帝ネロンの治世にそれぞれ生きた。同じ論証がローマでは別の形をとってあらわれる。「人生を讃える唯一の理由とは、人生から生を奪う可能性を、生とともにわれわれに与えてくれたことだ」生を与えられると同時に、生から解放される可能性をも与えられた以上、隷属を語ることはできない。服従と不服従が同じひとつの行為によって与えられる。だから、老人たちは、部屋着のベルトを手にし、病院の肘掛け椅子のアームで首を吊るのだ。

*

野獣たちから殺戮を奪い取ること、その殺戮を自分自身に対して行うこと、自分を殺す野獣にみずからなること、以上が三つの時間を構成する。自死は、時間の繋がりを断ち切るだけではなく、条件の繋がりも断ち切る。

*

身体の深奥に眠る原初の苦しみから死が直接生じるとき、自死は「死ぬこととして生きられた死」になる。

存在物が皆同一でないという事実によって、死という消失が生じる前に不定過去が引き裂かれた。

木々の葉のアポトーシス。落葉する前に、風に吹き飛ばされる葉。

削除が消滅に先行したのだ。

28 （アッリア）

苦しまずに夫に死を与えるために、ある妻が「死を試みる」という奇妙な場面がプリニウス〔古代ローマの博物学者で『博物誌』の編者（二三頃―七九）〕の『エピストゥラールム』第三巻第十六章に描かれている。アッリア〔プリニウスの物語に登場する伝説上の人物〕は自分の左胸に短刀を刺したあと、血まみれの短刀を引き抜いてそれを夫に手渡した後で、（死んでしまったにもかかわらず）倒れることなく、次の言葉を言い放った。

「パエトゥス、痛くはありませんよ」

アッリアは死と同期していない。

死の瞬間にあっても、アッリアに死は訪れない。

たしかに彼女は死んだ。だが、溢れ出る血しぶきやむき出しの胸、そして刀身の場面の後ですら、死ぬことの可能性を夫に見せることが彼女にはできたのだ。

アッリアの行為が示しているのは、死の試験《テスト》である。

アッリアの伝説の中で唯一真実味を帯びた細部といえば、彼女が自分の胸から引き抜いて夫に差し出してみせた、鮮血に染まるあの刀身だけだ。

29　（無神論《オリゴ・アテイスミ》の起源）

「自殺する」という行為において、「人生とおさらばする」部分と、「集団を捨てる」事実に帰着する部分とが、それぞれどの程度あるのかを区別するのはむずかしい。

政治的自由は四つの形態で示され、評価される。すなわち暴君殺し、暴力的解放、隠遁、自死である。

自死とは、消失を管理することだ。

消失とは何を意味するのだろうか。内容物にとっては、容器の喪失になろう。胎生動物にとっては、母を失うこと。社会的人間にとっては社会の喪失。文書で告知された優先権順にしたがって、ヒトラー総裁が権力を行使し始めると、スペインの国境沿いやブラジルの町、ニューヨークのホテルの一室で、人々は自殺した。

自殺する人間は誰しも、彼自身の心の奥で死にゆく母の姿に出会う。

幻惑によって繋ぎ止められていた鎖が断ち切られるかのように、思春期においては、とりわけこの時期に顕著な死への欲望が突然、爆発する。

心的同一性をいまだもたず、身体的にも自立していない乳児は、自分の手でみずからの命を奪うことはできない。だが、精神の瓦解に身を任せ、拒食症に身を委ねることはできる。そうはいっても、もし可能なら、乳児だって自死をけっしてためらわないだろう。運動能力が欠如している分、彼らは時間的対称性（つまり逆方向へ向かう、前段階への退行現象を）を利用する。

キリスト教国家は自殺を非宗教的行為として断罪する。民主主義国家は愚劣な行為として非難する。精神病院となった社会、それを病として治療する。古代文明は自殺の勇気を讃えた。自尊心の徴として自殺を讃えたのである。「おお自然よ、あなたが産み出した世界から逃れる可能性を、生とともにわたしたちに与えてくださったもっとも偉大な女神である自然よ」、と古代ローマ人たちは語りかけた。自由意志による死は人間がもつ恒常的な可能性であり、常に手の届くところにあって苦悩への最初の救いとなりうるもの、そして、集団を放棄し、時間の流れを断ち切るための常に自由な瞬間の断片でもある。ある世界で、われわれが生きるのかそうでないかを決める究極の境界線こそが死である、とホラティウス〔古代ローマの詩人（前六五―前八）〕は記した。「死とは事物の最終行《モルス・ウルティマ・リネア・レルム》」自死の自由は、他のあらゆる個人の自由とともに、コンスタンティヌス帝〔ローマ帝の皇帝（二七二―三三七）。三一三年のミラノ令によってキリスト教を公認した〕の治世において失われた。キリスト教が帝国主義を引き継いだとき、神は奴隷的な人生の所有者となった。とはいっても、実のところ、共和制において、自死は奴隷だけでなく兵士においてすら、すでに禁じられていたのであるが。奴隷にとっての自死は、私有権の侵害を意味していた。兵士にとっての自殺は脱走に等しかった。いずれの場合も、社会奉仕の契約破棄を意味していたのである。

信者の絶望を管理するため、年に一度の告解が義務化されたのは一二一五年のことだ。ナバラの博士と呼ばれたマルティン・デ・アスピルクエタ〔ルネサンス期スペインの神学者で哲学者（一四九三―一五八六）〕はこう記している。「怒り、悲しみ、貧困、性的恥辱、肉体的苦痛、ちょっとした不運、過度の快楽、辛抱できない痛み、生への嫌悪

――、こうした理由でみずからの命を絶つことは禁じられている。自分を殺めることによって、人は墓場を失うのだ」告解が発明された十三世紀以降、キリスト教の告解のおかげで、陰鬱な肉体の奥に住む悪魔を退治することができるという主張がなされ、自殺者たちは死者を葬る囲いの外側に埋葬された。

＊

「自身《イプセ》」の世界において、暴君という主人の対立物は、自死《スイシッド》という言葉の内部にある「自《スイ》」であるだろう。

神々だけに殺す権利が与えられている邪悪な場所をわれわれは去るべきである。自死が禁じられた国家を放棄すべきなのだ。

追放と自死は似ている。どこにいようが、われわれはそこを離れることができる。家族の束縛から解放されることも、社会的な承認を侵害することもできる。

エピクテトス〔古代ギリシアのストア派の哲学者（五〇頃―一三五頃）〕は「扉は開いている」という表現を好んだ。「自殺しなさい」とは言わず、「扉は開いている」とエピクテトスは言い続けた。

ある日、ローマで、ある奴隷の奴隷だったエピクテトスはこんな話をした。「サトゥルヌの祭りで、くじびきで王が選ばれた。くじで選ばれた王は、偽の王政を決めるこのくじに参加した全員に命令を下した。彼は言った。お前は酒を飲め。お前は葡萄酒をかきまぜろ。お前は歌え。お前はあっちへ行け。お前はこっちに来い。遊びを続けるために、みなが従った。だが、扉は開いている。外へ出ることも可能なのだ。人は自分の人生をいつだって放棄することができる。王国遊びで王がそうしたように、お前はあっちへ行け、ということはできるのだ」

*

ある日、ペテロはイエスに言った。

「主よ、ここは居心地がよいですね」

しかし、イエスはペテロにこう答えた。

「いや、ここは居心地はよくないよ」

*

夜は痕跡なのだから、光は追放である。

光をまだ知らぬ者のもとに、光は九カ月かけてやって来る。

胎生動物の身体が、暗い水の中で光を待つなど、本当にありうるのだろうか。

ありえない、と二度答える必要があろう。ことばは二十七カ月かけてやって来る。原初の叫びと依存状態の中で、身体がことばを待つなど本当にありうるだろうか。聖書を引き合いにしてみたらどうだろう。パリ十四区マリエ＝ダヴィ通りにあったアパルトマンの一室の、本で覆い尽くされた長い廊下に沿って敷かれた絨毯の上でたったひとり天に召された、母方の祖母からもらった古いラテン語の聖書。心の中で、わたしはまだアレジア通りにいる。当時、ルナン通りをよく使っていた。窓の一角では、鼻先まで眼鏡をずらした祖母が、大きなルーペを手に、たえず指を濡らしながらページをめくっていた。わたしもまた、同じページをめくり続ける。そうすることで、祖母のそばにいることができる。わたしは
その神秘的なラテン語の詩句を書き写し続ける。

「ペトルスはイエスに言った《ペトルス・ディクシット・アド・イエスム》。主よ《ドミネ・》、我々がここにいるのはよいことです《ボヌム・エスト・ノス・ヒク・エッセ》……」すると突然、あの何

の変哲もない「ここ」という語が、「胎生動物」にとって何を意味するのかが分からなくなる。水の中での生のことか。それとも大気中の生のことなのだろうか。われわれは内部で引き裂きあう「ふたつのここ」である。心臓と肺によるふたつの律動は、同じ年齢ではなく、互いに引き裂きあっている。互いに調和しようと試みるものの、調和できずにただ歌うのだ。われわれが歌おうとするのはどんな歌か。「いや、ここは居心地はよくないよ」という歌だ。われわれはここで、ひとつの「ここ」を探し求める。ひとりの女性がわれわれを時間の中に産み落とした。切り離された身体の中にわれわれを見捨てた。そして、自分とは違う性にわれわれを引き渡した。その女の性器の此方にあった、夜の暗い水の中にわたしたちはいたのに、そこにはもう二度と戻れないのだ。われわれは叫び声をあげながら目を開き、光のただなかで瞳をかっと見開きながらさまよった……

＊

「自－死」の中にある「自」とは誰のことか。思うに、ドナルド・ウィニコット〔イギリスの精神分析家（一八九六—一九七一）。代表作は『遊ぶことと現実』〕の思想の中で定義された「自分《セルフ》」という英語が、カラミュエルが作ったラテン語の「自《スイ》」を正確に翻訳している。それは、愛《アモ》の中に存在するのと同じく、存在《スイ》の中にも見出されるべき自我《エゴ》の不在を意味する。それは、習得された言語がループになって口の中を循環する以前の位置どりを指すだろう。「我思う、ゆえに我あり《コギト・エルゴ・スム》」という表現が意味している、思惟する自我《エゴ》以前の状態、つまり、ありていに言えば、みずからが見出した自我《エゴ》の内部に存在《スム》が喪失した状態のことだ。「自己同一性《イプセイテ》」が定義するのは、ことばの助けを借りることなく、すなわち「自我《エゴ》」の場所のはるか此方で、さまざまな感情が身体の内部を通ってそれ自身へと回帰する現象のことである。

胎児としての生の中ですでに「自己同一性《イプセイテ》」らしき形態がみられる、とわたしは主張したい。

激変に次ぐ内向。幼児の魂には、蝕性の循環運動への端緒がすでに存在している。自己愛《ナルシシズム》に先立つ孤独の存在についてウィニコットは考えていた。メラニー・クラインは、より古い「人類の悲嘆」があると主張した。原初の段階から、死に近い状態があらわれる。したがって、内在的性質を帯びた脱魂《エクスターズ》(忘我)の存在を仮定すべきなのだ。自己の内部で起こる、死の危険をともなうほどの、かつて母だった容器への脱魂《エクスターズ》。それこそが、自死に固有の審級である。友愛や悦楽のさなかですら人が感じる孤独の感情は、もっとも内に秘めた世界の内部を通じてすら、内面と邂逅することが叶わないという事実に由来する。それは容器との調和を復元することが叶わないということでもある。内容物が容器の中に戻ることの不可能性。

*

他者の内奥にじかに到達できると信じる点において、「ループ」への熱情は愛の熱情に等しい。この内奥との接触は受胎のときに起こった。ことばという名の媒介物よりもずっと敏速な伝達《コミュニケーション》が存在する。読書への熱情がそれだ。内奥との可能な邂逅が読書なのである。

*

その老渡し守はかなり年老いていた。八千歳だった。白髪の老人は竿に寄りかかって、小舟の中に立っていた。そして旅人たちに向かってこう言うのだった。
「苦しんでいる人をみても助けるのはおやめなさい。彼に生きてほしいと願ったとしても、彼こそが走ってここに来るべきなのです」

自死へと向かわせる運動をパニックとして定義することも可能だろう。本物の自分《セルフ》を消失から救うために、偽の自分《セルフ》を滅ぼそうとするパニックの中で起こる破壊行為。自殺願望は言語習得を前提とする。数々の同一化や投射によって繕われた外套が、偽の自分《セルフ》を構成している。そして、その偽の自分《セルフ》の上に、さらに超自我とペルソナ、そして偽の自分《セルフ》を作り出す「三つの去勢」、すなわち絶対権力による権威の放棄、血まみれの暴力の放棄、そして個性確立の断念が付け加わる。真の「自分《セルフ》」(self) はけっして社会的状況から生まれない。真の「自身《スイ》」の居場所はつねに身体性の内部にしかなく、そのやりとり《コミユニケーション》は物言わぬ沈黙の中でなされる。

＊

アッリアは愛する男《ひと》に短剣を手渡し、死んだ後で語る。

カトーは自分の剣を凝視する。

彼は暗がりで読書していた。

彼は『パイドン』を最初から最後まで読むと、巻物をそばに置いた。剣を探したが、それは寝床の上に吊るしてあった。剣を手に取る。鞘から刀身を抜く。刀の先端に触ってみる。刃先を確認してこう言う。「いまこそ、私は私に属する」そして再びプラトンの書物を手にし、『パイドン』を読み返し始める。鳥たちが歌いだす。とつぜん、彼は腹部に剣を突き刺す。

自死の瞬間にカトーが遺した最後の言葉について考えてみよう。「いまこそ、私は私に属する」という言葉は、男らしさや完璧さ、そして帰属性を表明すると伝統的にはみなされている。しかしながら、カトーがギリシア語でみずからに放った言葉、こう言ってよければ、古代ローマの英雄が今際の際に自分の剣に向けて発したギリシア語は、より単純かつ古風で、より本質的な意味だったのだ。「いま《ニュン》こそ、私は私のものだ《エモス・エイミ》」、と彼は言った。逐語訳すると、「今、私のもの」、である。

この「私のもの《エモス》」——死を介して初めて私のものになる自己——こそが、自死の中に見出される「自《スイ》」なのである。

*

確かに、自死とは、そこに人間の自由が書き込まれる究極の線なのだと言えるだろう。究極の線であり、同時におそらくは終止符。死ぬ自由は人権宣言に書き込まれてはいない。個人主義がそこに書き込まれていないのと同じように。狂気の愛が書きこまれてはいないように。無神論が書き込まれてはいないように。人間のもつこうした可能性はあまりにも極端すぎるからだ。社会統治を主張する規範として認められるには、それらはあまりにも反社会的なのだ。というのも、自分をウサギだと信じて生まれてきた人間は、ヘッドライトの灯りに簡単に目を眩まされてしまうから。

人間にとって個別化の極点が無神論だとすれば、自死は人間の自由の極点といえるだろう。

*

ブロンテ、クライスト、カフカ、プルースト、三島由紀夫。作品としての自死、作品の完成形としての、その完了の記しとしての、終止符としての自死。

30　自殺者イエス

イエスは自殺した。『ヨハネによる福音書』第十章十八節で、イエスは次のように言う。

「何人も私の命を奪うことはできないが《ネモ・トッリト・エアム・メ・ウィタム》、私は自分自身を破棄することができる《セッド・エゴ・ポノ・エアム・メイプソ》。なぜなら、私は自分の生を奪う力を備えているからだ《エト・ポテスタム・ハベオ・ポネンディ・エアム》」

ヨハネによるギリシア語の福音書では、イエスはさらに激しい言葉で語っている。

「何人も私から私の命《プシュケ》を奪うことはできない。私から私の魂を奪えるのは、私ただひとりである」

31　自由

「自由《エレウテリア》」というギリシア語は、古代ギリシア人の耳には、望む場所を行き来する可能性《ト・エルティン・ホプ・エラ》という響きをもっていた。農村の囲いの中に閉じ込められるか、製造現場に幽閉されるか、ガレー船の漕手の列に鎖で繋ぎとめられるかしている奴隷を市民に対置する言葉が、自由だった。「好きな場所に行ける《エレウソマイ》」というギリシア語の動詞からは、柵や石塀、有刺鉄線や境界線に囲われた家畜とは無縁な、野獣の存在が透けて見える。

ラテン語で自由《リベルタス》の大元にいるのは、葡萄の木と涌き上がる言葉の神リーベルだ。古代ローマ人にとっての自由な状態《リベルタス》とは、漸次的で、絶えざる自然の成長、そして開花へと導かれる、豊かで、自発的な自然の力を意味していた。これを再びギリシア語に訳すなら、自然の自立とでも言えるだろう。『テアイテトス』一七三のaで、プラトンは記している。「自立した法《アウト・ノモス》に従う者は自由である」花の段階に到達することこそ、芽を出したばかりの植物にとっての自由の意義だ。人間にとっては、未熟に生まれたがゆえの依存状態に続く、教育や政治的な依存状態から解放された末に、ついに孤独を獲得することが人間の理想像《イマーゴ》であるといえる。自然《ピュシス》にとっての理想像《イマーゴ》とは、数々の変容を経た後に個体がたどり着く状態を指すだろう。存在者の自由に対立するのは、自然《ピュシス》が課すさまざまな限定ではなく、あくまでも社会的な生活や秩序、そしてそれが作る囲いや鎖である。自由が人間の自然状態《ピュシス》を成就するその一方で、隷属状態（賃労働、宗教儀式、自死の禁忌）は、機能停止状態にいたるまで身体を拘束し、魂を服従させる。古代ギリシア人たちは、自然に対してだけでなく、男性性器についても自然状態《ピュシス》という表現を用いていた。そうであるなら、「自由とは自然状態《ピュシス》である」というアリストテレスの言葉に、「孤独は生の目的である」というメラニー・クラインの言葉をさらに付け加えることもできるだろう。そこから、次の定式が導かれる。「人間が運命を全うするとはつまり、ひとりで生きることができると意識する、自己の自由にほかならない」、と。

また、「望む場所を往来する」という意味をもつギリシア語の「自由《エレウテリア》」の語源を、フランス語の「野生の《ソバージュ》」という語に関連づけることもできるだろう。

さらにフランス語の「野生の《ソバージュ》」という語は、ラテン語の「ひとりさまよう《ソリ・ウアグス》」という表現へと送り返される。

自由とは何か。原初の野生の呼び声に応えることだ。だから幼い子どもは猫のように振る舞う。馴化されたあらゆる子どもの内部で郷愁を残す野生。だから、家庭内で強いられる服従や、教育による意志的な服従は、はじめは純粋な驚きをもたらすものの、やがて幼稚で厳しい教育を経て、ついに隷属状態に対する恥辱の念へと子どもたちを導くのである。

以上がラテン語の「野蛮《フェリタス》」の意味、野獣の状態の意味であり、このラテン語からは「誇り《フィエルテ》」というフランス語が派生した。同じく、ネコ科動物や猪や鹿の野生状態、つまり「ひとりさまよう《ソリ・ウアグス》」という習性が、「人嫌い《ソヴァジュリー》」というフランス語を生んだ。

人間の自由は、群れや党派に対立する孤独者たちの離脱、つまり動物的ともいえるこの離脱につながっている。

*

いずことも知れずに湧き上がる、名前も、動機も、好みもない欲動が、とつぜん興起し、前のめりになってさまよう。ひとり野をさまよい《ソルス・ウアガリ・イン・アグリス》、さまよい歩く《エッロレ・ウアガリ》。目的もなく、ただ四方へと馳せ参ずること、木々の枝によじ登ること、岩山を這い上がること、野原を駆け巡ること。家や家族、幼年時代、依存状態を忘れること。冒険に満ちた森への「放浪《エッロル》」エミリー・ブロンテが荒地で何よりも好んだのが、この孤独な彷徨であった。矛盾に満ち、野蛮で、不安定で、漂うような物語のことを、プリニウスは「さまよう物語《ウアガンテス・ファブラエ》」と呼んだ（『博物誌』第五巻三十一章）。それはまた、最後の王国でわたしが実践する、王のごとき人生でもある。

32　拡張という言葉の定義

『パイドン』の冒頭で、アテナイ人だったソクラテスにとっての「拡がっていく歓喜」は、「看守が彼の鎖を解いたとき、哲学者は痺れた足首を擦った」という場面で表された。

ソクラテスはその後死ぬ運命にあるのだが、それはたいした問題ではない。鎖を解かれた裸足に触れ、痛めつけられた足を擦るという喜びを彼は見出したのだから。

＊

小説を書くことは、鎖を解くことでもある。小説は別の人生を想像させてくれる。小説に描かれた情景や旅がすこしずつ新しい状況を生み出し、作者と読者の人生に根付いた習慣から彼らの生を解放する。

＊

それが言葉で綴られたもうひとつの筋立て《プロット》でないとすれば、別の人生とは一体なんなのか。

沖合いは存在する。

＊

書く行為は、魂に宿る過去の強迫反復を打ち砕く。何のために書くのだろう？　死人のまま生きないためだ。

＊

沖の広がりにつれて、この世のいたるところに新しい場所が生み出された。つまり書物のことだ。読者とは拡張する存在なのだ。

＊

イタリアでのわたしの生活、わたしの自由な生活を誰がわたしに返してくれるだろう。どこにでも自由に行けるわたしの人生を？　常に旅立ちにあって、戸外で読書したり夢見たりするための人生は？木々の葉叢やパラソルの下の日陰で過ごす人生は？

33　自立の状態《アウタルケス》

人間に与えられたもっとも自由な部分が発達する場所は、衣服でもなく、家でもなく、身分証明書でもなく、死亡証明書でもなく、乗用車でもなく、火災保険でもなく、夫婦生活でもない。人間の情熱や欲望、気ままさ、自発性、親密さ、そして大胆さがもっとも自発的に発展する場所は、人間の身体である。それは欲望する裸性の持つ孤独でもある。真夜中、ある夢の終わり近くに、体じゅう汗だらけになって不意に目を覚ますとき、自分の中にある何かが肉体的に感知される。肉体が不意に目覚めることで、「身体的かつ心的な自己認識」が瞬時に起こる。ただ、だからといって、古代ギリシア人の世界を離れるつもりはなく、むしろ逆に、エピクロスのギリシア語を丁寧にたどろうと思う。社会的「教育《パイデイア》」には「自然についての知《ピュシオロギア》」を対置すべきである、とエピクロスは書いている。この「自然についての知《ピュシオロギア》」は、悦楽に至るまで「肉体の欲望《エロス》」を行使することを目的としている。政治性を欠いた自然崇拝主義ともいえるこの「自然についての知《ピュシオロギア》」だけが、そのはっきりと反社会的な特徴によって、生命力に溢れ不従順な、去勢前の野獣を作り出すことができる。見せかけや義務、役職、遺産、象徴、金貨、言語的因子、悲劇の仮面を必要としないその野獣は、ただ鋭敏であろうとする。つまり、「自然についての知《ピュシオロギア》」を逐語的に解するなら、「誇り高く《フィエール》」、「自立した《アンデパンダン》」、あるいは「自分固有のものを誇れる」人物ということになる。エピクロス自身は、「野蛮な《ソバロイ》（人々）」と「自立した《アウタルキエス》（人々）」というギリシア語の形容辞を使用した。

エピクロスが使ったギリシア語の「自立した《アウタルケイス》」という形容詞は、ラテン語では「飼いならされていない《フエルス》」と訳すことができる。

そこから抽出される最初の要素は、「誇り高さ」、「野獣」、「自立した人間」、「剥き出しの欲望」である。

それより少し複雑な第二の要素は、「自立し《アウタルケス》、誇り高く《フエルス》、野をひとり歩く者《ハゲル・ソリウアグス》」となろう。

わたしはといえば、いつも少しばかり驚き、怯えていて、物静かで、人付き合いが悪く、落ち着かない人物、つまり一言で言うと「粗野な《アガール》」人間だ。「粗野な《アガール》」という語は、古英語のハガーから派生したが、この英語自体は野生動物を表す「飼いならされていない《フエルス》」というラテン語に相当する。ラテン語の「野‐生《ソリウアグス》」が逐語的には「ひとりさまよう」を意味することから、ハガーという英語には、「飼いならすことの不可能な」と同時に「耕作不可能な」という意味が含まれる。放浪の熾烈さの中で感知されるのが「粗暴さ《ハガー》」だ。「粗野な《アガール》」とは、それまで目を覆っていたキャップを脱がされた状態の鷹の姿、ふたたび自由になって大空へと飛び立ち、獲物を狩る鷹の姿へと送り返される。「猛々しい《フエロクス》」というラテン語について言うなら、それは馴化不可能な出奔を意味する。ゆえに、「誇り高さ」とは、それがどんな場合でも、第一に猛々しさ、第二に飼い慣らされない性格を含んでいることを忘れてはならないだろう。それはつまるところ、かつて人間を遊戯へと駆り立てた狩りなのである。そこから戦争が導き出される以前、人類が経験したもっとも濃密で血まみれの遊戯が狩猟だった。獲物の野獣を同類に置き換えた狩猟が戦争である。狩猟とはいえ、それは単に模倣された動物的捕食行為でしかない。狩猟のおかげで人々は集団的服従、すなわち係累や母親や老人たちによる服従から解放された。必然的に遠心的な運動によって、狩人たちは集団の周縁部へと移動し、遠く離れた場所で冒険に身を委ねる。郷と呼ばれる中心部では、老人や女子ども、いろり火、資源、穀物倉庫が集約され、定着する。「定着させる《パンゲレ》」というラテン語の動詞を、空間に場所を「定める」という意味に解すなら、この「定位置」はラテン語でパギュス、すなわち「頁」、「平和」、「国」への集約を意味するだろう。その一方で、捕食行為の模倣は狩人たちを「故郷ではない場所」、「平和でない状態」、つまり「要塞線」や「待ち伏せ状態」、「不動」、「隠蔽」、そして「沈黙」へと追いやる。こうして、狩人たちは相次いで距離、離反、沈黙への逃避に続いて、家族や生殖行為や女性たちへの隠し事（生殖力の減退をはじめとして、系譜学的な秘密、血縁の謎の無関心、物的資源や定住による所有財産保有への無意志）を経験する。狩人はそのとき、彼らが狩る別の動物にみずからを重ね合わせる。そして互いの心を読みあう。狩りの道のりは個人的な方法で記憶される。回帰や往復運動、黄道のような大きな円環は、大地の狩人と海の漁師にとってしか存在しない。ギリシア語の「帰還《ノストス》」はフランス語の「帰還《ルトウール》」に合致するが、それは個人的な旅程を創造し、評定するという意味に解される。狩猟の物語は個人的なものにとどまる（帰還に終止符を打つその物語が、社会の刷新に唯一必要な母という名の女主人に対して語られるように、たとえ帰還の目的が家庭であるにしても）。

大半の人間が望むのは、自分自身もまた、種へと組み込まれた人類の範例であることだ。

家庭や社会とかけ離れた、非模範的で非生産的な進化は希少だ。

英雄的でない非規範性は受け入れられ難い。

それは「平民の離脱《セケツシオ・プレビス》」である。

＊

国家規模の集合体内部において、自由な個人、少なくとも自立した個人の歴史が最初に登場したのは、冒険譚であった。あの素晴らしいシュニッツラー〔オーストリアの医師で劇作家（一八六二—一九三一）〕の自伝的著作は、奇妙にもフランス語では『黄昏のウィーン』と訳された。一九〇五年シュニッツラー自身によって与えられた『自由への道《ディ・ヴェーク・インス・フライエ》』というタイトルは、まだ完全に落ちてはいない夜の帳の始まりを想起する黄昏とはほど遠かったのに。だから、シュニッツラーの作品のフランス語タイトルは、ただ単に時代錯誤的というだけでなく、偽りですらあったのだ。孤独を見出すことへの喜びが存在する。作品の筋は奇妙で、内容に乏しく、不安をかきたてる。ひとりの女性が結婚によって子どもを得たいと願う。しかし、物語の間じゅう、彼女を愛する男性は彼女の手をすり抜ける。集団のための繁殖による所有を愛に結びつけるという考えを、彼は断固として否定し続けたのだ。苦悩の果てに、シュニッツラーが最後に記したのは、「その孤独を少しだけ誇りに感じ、その誇りに多少の不安を感じている孤独の人」、という言葉だった。

＊

エピクロスは書いた。「「賢人《ソポス》」たる者は、みずからの墓の心配をしてはならない。神々を否定し、政治に関わらず、みずからに溺れず、誰にも依存せず、結婚もせず、子どもも作ってはならない。自然を観想し、人生の起源そのものでもあった性の快楽を唯一の目的とするべし」

34　メネフロン

メネフロン〔オウィディウス『変身物語』に登場する人物。獣に変身したアルカディア人〕は穏やかな水面を見たことが一度もなかった。青銅の表面を見たこともなかった。生きている間、彼は自分の顔を知らずに過ごした。

顔の不在から、自由は始まる。

35（犬と猫）

支配権を握っている存在に犬たちは服従する。結合を激しく求め、褒美が大好物で、リーダーを崇拝する群れる動物が犬なのである。犬たちが主人に抱く情の強さは常識を超えているため、伝説になっているほどだ。その忠義心はかつて人類を驚かせた。確かに、狼についてであれ、犬になった狼についてであれ、その忠義心をテーマとする物語はどれも胸を打つものだ。

わたしは猫が好きだった。猫たちにとって主従関係など存在しない。依存状態は彼らの敵である。縄張りだけが猫の神なのだ。自由は猫たちにとって唯一の価値である。舐めることや愛撫すること、食べること、狩ること、狩猟ごっこをすること、狩猟を夢見ること、単に夢見ること、そして夢見ること――、以上が猫の時間すべてなのだ。

猫たちは不意に顔を上げる。そして、まるで鼻先を濡らす水を舐めるように、その小さな鼻の先を通り過ぎる新鮮な空気を舐める。

36（自由の悲しみ）

「動物たちでさえ叫ぶ。自由万歳！　捕獲されるやいなや、死んでしまう動物もいる」と、エティエンヌ・ド・ラ・ボエシー〔フランスの法律家・哲学者（一五三〇—一五六三）。主著は『自発的隷従論』〕は書いた。ナエウィウス〔古代ローマの詩人（前二七〇頃—前二〇一頃）〕はバッカスを自由の神と名付けた。なにしろバッカスは「神となった自由であるがゆえに、神々しい自由《リベル・イド・エスト・プロ・リベルタス》」なのだから。アメリカ大陸の合衆国市民にとっての自由とは、港の中央で海上交通を導き、税関の代わりによそ者を排斥する銅像のことだ。神々を愛さない権利を持ち、列車を待ちながら煙草を吹かし、街角のテラスでワインを飲み、身分証明書を持たずに散歩し、どこでも自分の意見が言えるような国は、もうこの世のどこにも存在しないのかもしれない。

第二次世界大戦直後、カナダ人たちは亡命希望者全員に対して、「たった一人でもだめだ」と答えた。一人たりとも。一人でさえ。

「自由な人間は一人でも許さない」、これが、社会の発する命令である。

動物を狩る、魚を釣る、水を飲む、輝く太陽の下に寝そべる、川べりをそぞろ歩く、海岸沿いに進む

——、わたしの目がまだ黒いうちに、金銭なしでこれらを行うことはできなくなってしまった。

押し黙らせることのできない、ある特別な悲しみが自由に伴うのは事実だ。

今まであなたを繋ぎとめていたものとの別離による悲しみ。自由がもたらす罪悪感が完全に消えることはない。家族を捨てる理由がごまんとあるにもかかわらず、人は家族の一員にとどまるのだから。

では、どうすればよいのだろうか。健康な状態で生き続けること。半分覚醒し、半分眠り、半分興奮し、半分悲しげで、半分動物で、半分人間で、半分わたし自身で、半分誰でもない状態で。

屋根の樋の上に肉球を用心深く乗せて歩く猫たちを手本にすべきなのだ。猫たちは体を弓なりにして隣りの屋根に飛び移る。半分大胆で、半分恐る恐るの状態だ。こうした用心深さこそ、世界中が見習うべきやり方だ。

*

「案山子への恐れが鹿たちを一目散に退散させながら、彼らを罠の中に追い立てる」、とエピクテトス〔古代ギリシアのストア派の哲学者（五〇頃—一三五頃）〕は書いた。彼自身も奴隷で、奴隷の奴隷だったエピクテトスは、自由という語の定義をもっとも数多く残した思想家でもあった。

強制することのできない者は自由だ。

手首に鎖のついていない者は自由だ。

空腹でもなく、欲求もない者は自由だ。

奴隷でない者は自由だ（飼い慣らされていない動物は自由だ）。

開けっ放しの扉を抜けることをわきまえた者は自由だ。（自死する者は自由だ。）

誰にも許可を求めない者は自由だ。

いかなる法廷にも訴えない者は自由だ。

人間は誰もが、独裁者で溢れかえり、爆破するしかない城塞である。

マッサージをしてもらう前に自分の筋肉を動かしながら、夢に身を任せる前に魂に思索を与えながら、毎日、こう言うべきなのだ。「見習い中の哲学者ではなく、自由への道を歩む奴隷たれ！」

＊

ラテン語の「束縛された《アディクトゥス》」は、借金をもつ奴隷を意味する語である。「解放される」とはゆえに「借金がなくなった」という意味だった。

37 （島《インスラエ》）

サンクトペテルブルクを警護するためコトリン島に置かれた、バルト海に臨むロシア艦隊の軍港は、クロンシュタットという名だった。

一九〇五年に叛乱が起こった。叛乱はおさまることがなかった。そのとき、クロンシュタットは、島の形をした叛乱の自由と化した。水夫たちは残らず殺された。一人残らず。ひとりの生存者もなかった。クロンシュタット軍港は孤島となった。最高に自分自身《イプシシマ》という名の島に。

＊

書物を愛するふたつの土地があり、それはまたしても島である。ふたつの国家が地球の二極へ文明を極化した。それは島々の中で最も美しい島、そしてもっとも極端な島国である日本とアイスランド。

＊

大海原で迷子になった大地の断片、都市に生きる何人かの個人、寝室にいる幾人かの読書好き、無神論者、文学通、隠者。こうした孤島や頭蓋、部屋、隠者の庵が王国の中の最後の場所を作り出す。手元に空虚が広がるにつれて魂に生じる小さな島嶼性を享受することのできる、ごく一握りの稀な人々。家族や言語、教育、常用癖、過去、記憶、反復、本能、そして本性で魂は溢れかえっている分だけ、精神の内部で変則的な思索が生じる事態は極めて稀だ。スピノザは内なるこの自由の経験を「稀な《ラーラ》」と呼んでいた。

　自由の感覚をもっとも強烈にもたらすものは何だろう。それは、わたしたち自身にかんする忘却である。


　子どもでも、老人でも、女でも、男でも、父親でも、母親でも、息子でも、娘でもなくなること。

彼らにとって、背中に向けられる集団的な眼差しはもう存在しない。

自分たちの声が表す感情を飼いならすこともしない。言語によって託された支配をしばし忘れなさい。

われわれの身体の根幹はいまだ飼いならされていなければ、馴致されてもおらず、そもそも身体は社会でもなければ言語でもない。春が来れば、太陽のもたらす新たな熱で氷河が解放される。瓦解だ。自由とは瓦解なのだ。

38　麗しき憎しみ

ギリシア人アテナイオンが奴隷たちを蜂起させた後の冷酷な戦いを経て、無数の十字架が北イタリアの道に連なっていた。まるで主人の足元に佇み、忠誠の証として自分の肉体がそこで朽ち果てるのを望む犬さながら、犠牲者たちは泣き叫んでいた。十字架に架けられた叛逆奴隷たちの頭上を、鴟や烏、禿鷲や梟たちが飛翔していた。いたるところ、死がその姿を覗かせていた。いたるところ、痛みつけられた肉や屍肉の匂いが漂っていた。肉の匂いは市民たちの身体をさらなる殺戮へと駆り立てた。ところで、アテナイオンの庇護者ガイウス・ヒエロの死が、造営官だったウェルナトゥスに伝えられたとき、彼は涙した。ローマの造営官になる以前、ウェルナトゥスはガイウス・ヒエロ相手に第二次市民戦争で戦った。ガイウス・ヒエロに対するウェルナトゥスの憎しみはローマ中の知るところだったので、宿敵の死はさぞや彼を喜ばせるにちがいない、と彼の側近や両親、友人たちは考えた。だから、ガレー船の荷揚げを監督していたウェルナトゥスのいた港へと、みな群をなして押しかけた。果たして彼はそこにいた。皆が彼に喝采を送った。そして彼に言った。

「喜べ、ウェルナトゥスよ。お前の宿敵は死んだ」

だが、皆が驚く中、彼は涙を流したのである。

そばに置かれ、香水商のもとへ届けられるはずの花びらが詰まった荷包みの上に腰を下ろし、彼は涙を流していた。

そして、涙を呑み込むと、彼を取り囲む人々に向かってこう言った。

「こんなふうに私が不幸なのは、宿敵の死の原因が私自身ではないからだ。私には果たすべき復讐があった。なのに、私は一体何をした？　何もしなかった。花の包みの上にただただぼーっと座っていただけだった」

「それは偶然です」

「やつは若かった」

「あなただって若かった」

「あれは運命です」

「運なのです」

「そうではない」、とウェルナトゥスは反駁した。「船が通り過ぎるのを眺めては船を着岸させ、積荷を下ろす港の男、私はたったそれだけの人間だったのだ」

確かに、それは本当だった。彼は波止場の荷の上に腰を下ろして、ガレー船の荷揚げを眺めていた男だった。夜になって家に戻ると、彼は妻に言った。

「明日私のために荷を作って、武具の横に置いておいてくれ」

「武具って、一体何のために？」

「お前には関係ない」

疑い深い妻はもう一度夫に聞き直した。

「ウェルナトゥス、あなたは自分の武具をどうしようというのです？」

ウェルナトゥスから激しい平手打ちを受けた妻は、床に倒れ込んだ。

「どうぞお許しを」と、体を起こしながら妻は言った。

夫は妻を助け起こさなかった。ただ彼女にこう言った。

「許すことなど何もない。私はここを出てゆく。お前が準備した武具で明日武装するつもりだ。赤毛の馬を連れていくぞ」

悲しげに彼の方を見つめている妻を見て、彼は言葉を継いだ。

「さあ、私が頼んだことをやってくれ」

造営官の妻は、侍者の女たちとともに、夫に命じられたことをした。

妻が夫の荷物と武具を準備している間、ウェルナトゥスは長男に会いに行き、こう言った。

「かつて私はある騎士とアペニン山脈で戦った。ティベレ川の峡谷でもう一度戦った」

「ヒエロのことを話していらっしゃるのですね」

「そうだ、彼のことだ。死ぬ前に彼に挨拶に行きたいのだ」

「ですが、お父さま。彼が死んだという知らせを受けたばかりではありませんか」

「もう一度繰り返して言う。私の命が尽きる前に、彼に挨拶に行きたいのだ。齢がことのほか重く肩にのしかかってきたようだから」

「分かりました」

「息子よ、家と従僕、そしてお前の母親、家畜、それから父がお前に預ける作物すべて、船舶のこと、頼んだ」

「それがお言いつけなのでしたら」

翌日、皆が目覚める前にウェルナトゥスは出立した。ルキウス・アプレイウスの告訴によってローマを去ったカミッルスと同じように、彼は家を捨てた。ただし、ウェルナトゥスの場合、脅しを受けたわけではなかったが。彼は従僕一人とモロス犬一匹だけを従えていた。こうして、五人（造営官と馬、犬、従僕、雌ラバ）はウンブリアに到着した。造営官ウェルナトゥスは土地の人々から話を聞き集めた。村人たちはガイウス・ヒエロの遺体が埋葬された場所を造営官に教えた。それから、スポレート西部の丘の頂上に生えているカサマツの木の下を掘り起こした。忌み嫌い、しかもすでに数日前に死んだ男をなぜ見つけ出そうとするのかと一人の騎士が尋ねると、彼は答えた。

「我が敵として不足ない男だったからだ」

＊

ウェルナトゥスは森を出て峡谷までやってきた。すると、蛇行する一本の小川が眼前に見えた。小川の上方には、青い丘に囲まれ、十軒から十五軒ほどの家から成る、ひとつの集落があった。

近くに見えれば見えるほど、丘は白味を帯びてきた。

近づくにつれ、そしてますます白くなるにつれて、その美しさが失われるというわけではなく、丘はただ霧のようなものへと変貌した。彼がそこに着いたとき、太陽はまだ西にあって宵闇は降りておらず、陽光に照らし出された丘の輪郭は浮き上がって見えた。まるで光で線を描くかのようにして、太陽の光が雲間から姿を現すのを彼は見た。一番大きな農場のひとつの屋根に光が射し込み、厩舎の杭と納屋の横木を照らし出していた。豆粒のように小さい雌牛や仔牛や羊、そしてそれらを見張る犬のほかにも、カサマツの木々にまるで水滴のように光が凝集しているのも見えた。これらすべては、挽き臼の中で細かく砕かれる前の穀類と同じくらい、小さく見えた。雲の隙間から覗く太陽の、重く、まったく重々しい微光が、そこに見えるものすべての上に寄り集まっていた。黄金に輝く草原の広がりの中に点となって見えるそれらの事物がどれほど小さく、白く、ときに薔薇色を帯びていようとも、弱々しい陽光はそれら一つひとつに光を投じていた。黒ずんだ枝を伸ばして、霧の中から浮かび上がっているカサマツの木を、ウェルナトゥスは指差した。

そして供の者に向かって言った。

「目がくらむような体験をしたことがある。ガイウスが埋葬されるのを願った場所は、たしかにとても緩やかな丘だ。しかし、魂が知ったもっとも偉大な眩惑は、美ではなくて憎しみの中にある。獰猛な獣たちは、わざわざそれを名指しはしないが、沈黙の中で経験する。彼らを駆り立て、襲いかからせ、跳躍させ、飛びかからせた殺戮の欲望は、美よりもなお一層美しく、ロムルス〔ローマ建国神話に登場する双子の兄。弟のレムスを殺して、ローマを建国した〕よりもなお一層古い。もっとも、レムスを溝の中に押し倒したとき、ロムルスはレムスに対する憎しみを突如感じたと言われている。憎しみとは実に素晴らしい感情なのだ」

*

夜のとばりが落ちた。ウェルナトゥスは馬から降りた。そして、手綱を居酒屋の主人に預けた。彼の臀部は汗でぐっしょり濡れていた。熱くて灼けるような臀部を洗った。彼は食堂に入るのを拒んだ。何も食べなかった。前庭のベンチにとどまり、酸っぱい白葡萄酒を飲んだ。宿屋の主人の前で、彼は人生を語った。旅の疲れでへとへとになった忠実な番犬は、主人の足元でいびきをかいて眠っていたが、主人の人生を暗記するくらい知っていた。どんな人生だったのか。死闘の連続。死闘に固有の喜びとは何か。またもや憎しみの明証性だ。そのとき、性的興奮が肉体を駆け巡り奮い立たせるだけでなく、それ以上に、血液が体じゅうに送られる。あらん限りの注意力が眼差しに宿る。居酒屋の主人にむかって、造営官ウェルナトゥスはこう話を結んだ。

「長い間私の思索の的だった相手が自然に逝ったという知らせを聞いたとき、私の身体の奥にある何かが突然に消え去ったのを感じて、私は花の荷包みの上に座り込まねばならなかった」

「ああ」と主人は言った。「神々はあなたさまとともにあったのです。包みがあって幸いでした」

以上が、ふたりが交わした言葉のすべてだった。宿の主人と従僕は眠っていた。ウェルナトゥスは眠ろうともしなかった。夜空に最初の薄明が見え始めた頃、彼はベンチから腰を上げ、唾を吐き、用を足すと武具を身につけ、出立した。彼は小路を進んだ。丘へ続く道をゆっくりと進んだ。暗い空が曙の光ですこしずつ色づいていった。雲はなかった。地平線の彼方に緩やかな稜線を浮かび上がらせている、まだ黒みを帯びた丘の上をゆっくりと広がりながら明るさを増していく光の中を、彼は歩いた。昇りつつある太陽は、集落を影の中へと徐々に沈ませていた。はっきり見えるものといえば、白い光に完全に包まれた丘の上にある、一軒の農家だけだった。家畜たちはまだ小屋から出ていなかった。従僕は宿でまだ眠っていた。宿の裏の中庭にある厩舎の中に馬はつながれていた。この最後の道のりを彼はたったひとりで辿ってきたのだ。忠実な番犬だけが彼のお供をし、彼の足元で石と戯れながら、きゃんきゃん鳴いていた。小川の岸伝いに吹く、冷んやりとした微風を感じた瞬間、彼はその風を追いはじめた。

＊

ウェルナトゥスは四つ目の丘を登った。丘は葡萄畑に覆われていた。例のカサマツは丘の東側に屹立していた。彼はカサマツを目指して向かった。小さな石塚が見えたのでそれに近づいた。生まれたての薔薇色の太陽は、彼の顔の高さまで昇っていた。眩しさのせいで彼は眉を潜め、瞬きをしなければ石碑の文字が読めないほどだった。ついに、彼は石碑に刻まれた文字、「スポレートの町の第二市民から第一市民へ」という賛辞を読み取った。そして石の上に手を載せた。草に覆われた地面に金属製の兜を置いた。革張りの盾（小盾《スクトウム》）を石碑に立てかけた。そして、両足を曲げると、ゆっくりとそこに横たわった。大地に臀部をずしりと下ろした。そして、アフリカライオンが砂の上に横たわって休む時と同じやり方で、肘を曲げてその大きな体躯を横向きに寝かせた。太陽の日差しを相変わらず顔面に受け続けながら、肩の上で頭をこわばらせたまま、彼は周囲に広がる穏やかな丘の連なりを眺め続けた。

*

そのしばらく後、忠実なモレス犬がやって来て、彼の性器と膝のあたりで体を丸めた。正午になる一時間程前には、従僕がやって来た。従僕は馬と雌ラバの手綱を握っていたが、動物たちが近づいても造営官はまったく動く様子を見せず、頭すら動かさなかった。正午になって太陽の光線が真上から頭髪を照らすと、彼は両刃の剣を鞘から取り出して、心臓に近づけた。従僕、馬、雌ラバ、羊飼い、そして遠くから彼の様子を眺めていた少女たちの隊列……誰しも彼が剣を心臓に刺すものと思い込んだ。だが、彼はそうしなかった。ウェルナトゥスはヒエロの亡骸が埋まった大地の中に剣を刺し入れた。そしてつばまで剣を大地に刺し込んだ。あたかも剣が敵の亡骸に触れ、彼の心臓を貫いたかのようだった。ウェルナトゥスはその姿勢のまま横たわっていた。土埃の中、手はつばにかけたまま、最初の姿勢を崩すことなく、数度にわたって体の下に放尿し、汚物から離れようともせず、ただ飢えによって死を招き寄せようとした。宿敵に触れながら死ぬには十五日かかったが、ウェルナトゥスの亡骸はその後も大地に二十四日間放置された。自分たちの畑を穢そうとしたこの死骸をどうすべきか、住民たちには分からなかったのだ。死骸とそれが放つ悪臭、腐敗、そしてそれらがもたらす薄気味悪さが収穫を邪魔しかねないと恐れた。そこで、ウェルナトゥスの従僕はスポレートに赴いた。裁判所で尋ねてはみたものの、スポレートの町の司法官ですら、なんと答えるべきか分からなかった。鳥たちが死体をついばんだ。主人の残骸を犬が呻きながらしゃぶった。死者の眼窩のひとつをめがけて、一羽の鷲が頭から突っ込んできて、脳みそを引っ張り出すや、麗しき憎しみを一気に吸い込んだ。たくさんの種類の鳥たちがあらゆる方向に向かって墓の上で旋回し、死体から引きずり出すことのできるものや咥えることのできるものを貪り食った。それを見た州の住民たちは、ふたりの死者の魂が友や支持者たちに助けを求めながら、互いに打ち合っている姿だと語り合った。

39（顎）

ウェルナトゥスとは勝利をもたらす鳥のことだ。ローマの言葉で「ウエル」（Ver-）は春を意味していた。

初めての有限の体験は人間的な死ではない、とわたしは主張したい。

食事をするために毎日、いや日に三度、死んだ動物の肉を調理することですらない。

有限の最初の体験、それは冬だ。

人類以前には、冬になると仔を孕んだ熊たちが洞窟の奥深くへと入っていった。そこでは春が身を匿っていた。新たな仔たちは母親の子宮の中で成長した。飢えと寒さの中、死の恐怖におびえたひとりの男が手にする、焦げたマツの木で作られた人類最古の松明が洞窟の壁に映し出した、動くひとつの世界。

＊

人間の口はラテン語で冬を意味する。マルクス・ティレンティウス・ウァロ〔古代ローマの文人（前一一六―前二七）〕は書いている。「冬という語は、口を開ける動作に由来する《アブ・ヒアトウ・ヒエムス》」冬のさなかに開かれた口は、その白い蒸気で冬を表現する。吐息と言葉はすぐさま白い蒸気へと姿を変え、言葉の意味を消失させ、眼差しの下に頽れた瀕死の動物の吐息が隠し持つ始源の場所へとたちどころに帰ってゆく。

冬の口の中で、死が飢えている。

死とは、われわれの内奥に住み着いた飢えた者である。死は、擬人化や地獄の表象よりもはるか以前から存在し、人を蠱惑する大型野獣の出現以来ずっと、死を象ってきたその不定過去的な顎を大きく開きながら催促し続ける。

40 （プラハの街の大時計）

プラハの街の大時計が大広場で時を打つとき、マンドリンを手にしたトルコ人と、金の詰まった財布を持った金持ちと、鏡を持つ虚栄の神それぞれ三人が、頭を横に振りながら死に向かって「いやだ」と連呼するその一方で、死は黙って口を開き、「だめだ」と答える。

41　ボシュエの口

モーの司教になったとき、アロウ猊下〔フランスの司教（一七九七―一八八四）。一八三九年から一八八四年までモーの司教をつとめた〕は前任者の中でもっとも高名な司教の墓を探させた。それは果たして見つかった。そして、聖堂から棺桶が掘り起こされた。一八五四年十一月十四日、墓があばかれた。一メートル七八センチの長さの棺の鉛の封印が外され、ユズロ医師によるボシュエ〔フランスのカトリック司教で神学者（一六二七―一七〇四）。一六八一年にモーの司教となった。雄弁さから「モーの鷲」と呼ばれた〕の頭部検視の様子を調書に記したのは、ジョス神父という名の司教区代理司祭だった。アロウ猊下はそのとき「屍衣の覆いを取り除かれた、『普遍なる歴史』の作者ベニーニュ・ボシュエの姿を素描するよう」、画家のマイヨ氏に依頼した。代理司祭は記している。「デッサンの対象に心を強く動かされながらも、それを素描しなければならない画家の指先で、鉛筆は震えていた」その後、シャルル・マイヨが描いた素描を版画家エドモンド・モランが複製した。ジョス神父は対象と素描、そして版画を比較し、次のように記した。「口は大きく開かれ、舌は干からび、目は完全に消失していた。塵と化した目が瞼の残滓と混じり合って眼窩を満たしていた。マイヨ氏の素描はモラン氏の版画以上に、恐ろしげなその印象を深めている。描かれた口――

かつてあれほどまでに雄弁であったその口――は、死した今ではあの世に向かって大きく開かれていた」

42（一月）

刺激的で、ポジティヴで、宗教がかった現代の不条理な道徳が主張するように、来るべき死はけっして逃れるべきものではない。死にも最盛期《シーズン》があり、他の時期よりも不快というわけではないのだ。死の季節になったとき――それは冬と呼ばれる季節のことであるが――、空が偶然にもふたたび深い青に染まることもある。

大地は足元で音を立てる。

沼は凍ったときがもっとも美しい。

木々の葉は消えた。

花、鳥、人間、名前、そのすべてが消え去った。

だからこんなにも透明なのだ。

*

もし冬を経験したことがなかったら、死を知ることは難しかったにちがいない。

冬はそれほどまでに死そのものなのだから、われわれには冬の死が必要だったのだ。

冬の神は毎年、薄暗がりと飢餓に支配された三月《みつき》の終わりに殺された。

バッカスは「一月」のひとりだ。

ギリシア語でディオニソス・ニュクティポロスと名づけられた者は、ローマでは「冬の長い夜をさまようバッカス」と呼ばれた。彼は松明と洞窟の神ダドフォリオスでもあった。夜の狩人の神は無尾無頭の馬へと変身し、彼の上に乗ろうとする者を地面に投げつけた。こうして、彼はみずからに災いを招き寄せた。狩られる狩人になったのだ。破壊される破壊者に。「人殺しのディオニソス《ディオニソス・アントロポライステス》」は、人裂きのバッカスを意味し、ザグレウス〔古代ギリシアの密儀宗教オルフェウス教の少年神で、ディオニソスと同一視される〕は「偉大な狩人《ホ・メガロス・アレウウオン》」と注解された。獲物となった捕食者のことだ。

生肉を喰らう《オーメステース》ケルベロスの犬は、冥府の神ハデスの息子ザグレウスのひづめとなった足を舐めている。狼や犬たちはみな、麻のような髭と棍棒を持つ聖ニコラウスに、まるで主人に対してするように挨拶しにやって来る。

バッカスは、冬の終わりに人々が殺す地獄の番人である。古い一年が彼とともに殺められる。人々は生きたままバッカスの身を引き裂く。そして彼は子どもの姿で生まれ変わる。

こうして、新しい一年が訪れるたび、生まれくる一年の終わりに、現世の人間の存在場所である自然のただなかで、死はその境界を押し広げるのである。

こうして、一年が人間的な時間の境界となった。

西洋において、時間が終末と結びつけて考えられるようになったのは、もっとずっと後のことだ。

だが、広大なこの世界が思いを馳せる、存在よりもずっと広漠としたこの時間は、始源という様相の中ではより一層時間的な存在、まるで浮き足立っているかのようにそわそわとした存在でもある。それは出立なのだ。つまり、冬を背景とした春。つまり、始まるという事実、この世に生まれ出ること、二番目の世界に第二のやり方で生まれ落ちること。それは、寒さが咬みつくように荒々しく咬みつき、飢えた人間が死に物狂いになって歯で掴もうとするようにして、時間が噛みつくことでもある。この時間は生命力溢れる死を求める。春の始まりの時間とは、有限でわれわれを包み込み、われわれを圧倒し、時にはその有限とけりをつけるために、冬の終わりをわれわれにつかませようとするような、そうした始まりなのである。

*

もう二度と体を起こすことのない者の顔に人は思わず目を向けてしまう。大きく見開かれたその瞳には、もはやわれわれを見るための眼差しはない。その口にも答えは宿っていない。死とは運動の退去、表現の終幕、ことばの出立、そして眼差しの消滅である。

わずかな愛撫も消え去った。

誕生が叫びの中への出立であったように、後戻りできない純粋な出立。

奇妙な喘ぎ声の中への出立が悦楽であるように、純粋な旅立ち。

われわれの誕生に続く、かつて母胎であった他人の死は、われわれの場所だった身体に対する突然のフラストレーションを引き起こす。

われわれの身体に先行し、やがて未知のものとなる別の身体に、われわれ自身が対峙するという経験に出会う——すべての「かつて」を構成する——もうひとつの時。

＊

死は言語に似ている。出現の諸条件を抹消する機械が死である。言語と同じように、死は目に見えない世界を運んでくる。それだけでは足りず、死は予測不可能をも運んでくる。『マタイによる福音書』第二十五章十三節には、「あなたにはその日もその時間も分からない《ネスキティス・ディエム・ネクエ・ホラム》」と書かれている。純粋な時間、それが死の定義だ。話す存在者の背後に想定される人間などしょせん、言語に反応する時間でしかない。

＊

われわれの肉体がそこにあるのだから、婚礼はすでになされたということだ。広間の扉はふたたび閉ざされた。彼は言った。

「私はあなたを存じ上げません《ネスキオ・ウオス》」

彼は言った。

「あなたにはその日もその時間も分からないのだから注意しなさい《ウィギリタテ・イタクエ・クイ・ネスキティス・ディエム・ネクエ・ホラム》」

なぜ注意が必要なのかと言えば、その問いかけ自体、おそらくわれわれの身体と人生を脅かす死から生まれたものではないから。

最初の「なぜ《クール》」は、魂におけるわれわれの起源となった、目に見えぬ未知のものから生まれた。通時的時間はそもそもの初めからして、永遠に不可視の姿のままとどまる未知のものと手を結ぶ義務をわれわれに与えた。

それは冬に、だろうか。それとも夏だろうか。

町で、だろうか？　それとも田舎で？　森の中で？　川べりで？

それは昼のさなかだろうか？　通り？　まさか車道か歩道ではなかろうか？　公衆の面前だろうか。それは夜になってからか？　ベッドの奥でだろうか？　好奇の目の届かない場所であろうか？　苦しみによってだろうか？　それとも病の果てに？　あるいは事故によって？　体が消耗しきってのことか？　夢のさなかだろうか？　それとも、欲望の瞬間であろうか？

43（蝋燭祝別の日の大ろうそく）

蝋燭祝別〔二月二日のキリストの奉献の祝日で、聖母清めの日〕の日、ミサの司祭に蝋燭を祝別してもらう。嵐がうなり声をあげるたび、人はその蝋燭に火を灯す。瀕死者の枕元に灯すのもその同じ蝋燭である。時間が引き裂かれるときには、それを手助けする道具《オブジェ》が必要なのだ。

44 （最後から二番目のカエサルのことば）

暗殺の前日、マルクス・レピドゥス宅で夕食を取ったカエサルは、もっとも望ましい死とはどんなものかについて、会食者たちが議論している場に居合わせた。

供された皿から顔を上げると、カエサルは言った。

「素早くて完全に予想外の死だ《レペンティウム・エト・イノピナトゥム》」

マルクス・アウレリウス帝の考えは、独裁者カエサルとは違っていた。ギリシア語で執筆された『自省録』の中で、マルクス・アウレリウスはこう記している。「死は歯牙の出現のようなもの。伸びる髭のようなもの。精液の噴出のようなもの。休息のひとつをオルガズムの中に、あるいは別の休息を骸骨のようにきっちり閉じられた顎の内部に、さらにまた別の休息を睡眠の中に見出すのと同じように、生とはその休息を死に見出そうとする、ひとつの変容なのだ」このように、死は生き残った者に対して死を呼び寄せるのであるが、生き残った者もやがては死の思い出に食い尽くされてしまう。

45　想定される死の機能について

チューリップ、蚊、象、嵐、蜻蛉、テントウムシ、雛菊、鯨、山々、暴風雨——それらは出現し、屹立し、成長し、同じ形態や身体、運命をそそくさと反復したのちに、消滅する。

花々は伸び、開花し、枯れる。

花々にとっての死は、アポトーシスと呼ばれている。

枯れるだけの死。

時間の中には、果たして死以外に予測不可能性が住むにふさわしい場所などあるだろうか。

一人ひとりに訪れる死の日付の操作不可能性の中で、奇妙なつきあいが生まれる。そのとき、時間の場合と同じように、死は予測不可能性に対して、取り返しがつかないという意味での不可逆性を付け加えるのだ。

「取り返しのつかない《イレヴォカブル》」という語で重要なのは、死体となった人間の身分を示す「声にすることのでき《アンアンヴォカ》ない《ブル》」という性質だ。いくら懇願しながら語りかけたところで、一切答えることのない身体という性質。

人間にとって、死人とは何だろう。対話の一端を担わなくなった人間のことだ。

言葉に返答しなくなった口。

予測不可能性と結びついた不可逆性は、表情に刻まれた「無言の驚き」によってあらわされる。

*

反復と歴史に真っ向から対立するがゆえに、死の本質をなすのは、驚きと非共時性である。

噴出が反復に対立するように、誕生は幼年期に対立する。

沈黙が言語中毒に対立するように。

新しいもの、完全なもの、無垢なもの、手垢のついていないもの、初物、未経験者、日の出、新緑、すがすがしさ、若さ、若々しさ——、これらはみな、反復《レペティティオ》や更新《レノウアティオ》、回帰《レウォルティオ》に対立する。現在、同時代、現代はどれも、同じ過去の反芻にすぎない。若者は何度でも若返らせることができるのに。若さの逆である新しさは、すべてを一新する（つまり、刷新するのでもなければ、若返らせるわけでもない）。

新しさは反復せず、創造する。

*

肉体の中のすべて形あるものを死の中で解体しながら、思いがけない空間が切り拓かれるその場所で、自然は、死が開く現世のつかのまの扉から溢れ出た物質《マチエール》へと回帰する。

存在《エッセ》のただ中でみずからの可能性《ポッセ》を拡張する死によって開かれた、この空間こそが時間である。

＊

今から一世紀前、ダーウィンはひとつの機能を死に与えた。それは捕食動物が起源の特徴を一掃するのと同じように、死が自然界の生命を選別するという機能である。要するに、死とは、神殿に安置された黄金の神仏像を磨く司祭のようなものなのだ。こうして、死は「峻別のための因子」から「若返りの因子」へと変貌した。人間社会からすれば、世界維持のために地球上に住まうすべての生命体が払うべき代償はさぞや大きかったに違いない。その代償がすなわち死であった。

老人の顔が少しずつ乳飲み児の顔へと変貌する。

胸郭はまだ呼吸できる状態だ。

目は見開かれたままだ。

屍体はまだ喪失物になってはいない。死んだ肉体としての生はまだ終わってはいないのだ。肉体が分解するまで、少なくとも一年は必要だ。

五年経てば、肉は朽ち果て、骨もばらばらになる。

死の時間とは、そうしたものである。

構成要素のプログラムが解除され、生物の基本をなす核へと戻ってゆく。

死んだ有機体の二大リサイクルを大洋が組織する。表層部分では消費、深層部分では再鉱物化である。

ヒトの肉体でもっとも不死に近い部位が歯である。

「死は歯牙の出現のようなもの」と書いたとき、マルクス・アウレリウス帝が言いたかったのは、おそらくこのことだったのだろう。

それは人類における埋葬の発明でもあった。動物たちに貪り喰われることを避ける手段が埋葬ならば、それはつまるところ、動物たちの爪や嘴や歯牙よりも有機体の分解の方がましだったということだ。ゆえに、どんな大型獣であれ、生きて死に対峙する瞬間には、あらゆる生き物を待ち伏せしながら喰い尽くそうとする歯牙が感じる取る、不安な時間のかけらにすぎない。

＊

『死霊の口寄せ《ネキュオマンテイア》』の中のルキアノス〔ギリシア語で執筆したアッシリア出身の風刺作家（一二〇—一八〇頃）〕の言葉。「われわれは冥府へと下った。アケロンの園に着いた。そこで半神や偉大な狩人たち、神話のヒロインや王妃たちに出会った。古代アカイア人たちはみな老いて黴臭かった。エジプト人たちはがっちりとした体躯で香油の香りがした。けれども、われわれには誰一人として見分けがつかなかった。彼らはみな完璧に似ていて、剥き出しになった歯以外にはなんの特徴もなかった」

46 （毛虫は知らない）

蝶になるために変態の殻を準備する毛虫は、蝶の存在を知らない。
蜘蛛は獲物が何者かを知ることなく、捕食の糸を張りめぐらせる。
それと同じで、音楽も自分が奏でる歌を知らない。
言葉は書かれる本を知らない。

47　マレの歌合戦

十六世紀、パリのマレ地区では、毎年三月の終わりに子どもの歌合戦が行われ、好評を博していた。声変わりする前の少年たちの歌声を愛する者は誰しも、コンクールに赴き、一番うまい歌い手を聖歌隊の一員として買い求めた。一五八一年、「子ども」というあだ名をもつ、当時九つだったベルノンが、その年の主なスターだった。だが、プロテスタントだったために優勝できなかった。一五八二年、ベルノンは教会の楽長から推薦を受けられなかったため、パレゾー村出身のマルスランという見目麗しい少年が勝者となった。一五八三年には、ふたたび「子ども」ベルノンがその名人芸であらゆる競争相手を圧倒したため、観衆は彼にアンコールをねだった。ベルノンは別の歌を披露し、勝利を収めた。

マルスランという名の昨年度の勝者は、第五等に降格した。「パレゾーの子」あるいは「美少年パレゾー」というあだ名のマルスランは、カトリック教徒だった。彼はもうすぐ十二歳になろうかという年齢で、パリ近郊の村パレゾーの教会堂《バジリカ》の合唱隊に属していた。彼はすでに声変わりを恐れ始めていた。「ベルノンはもうこれまでに一回歌を歌った。二度目に歌ったとき、次に紹介されるはずだった別の聖歌隊の順番をやつは奪った。僕らのチャンスは同じではなかった」と彼は思った。

マルスランはマレ地区を出た辺りで、ベルノンを待ち伏せた。彼を人気のない場所へと誘い込んだ。そしてその腕を取って言った。

「去年は僕が勝者だった。勝者が見ることになっているものがあるから、僕と一緒においで。君にそれを見せてあげる。さあ、ついてきて」

ベルノンはためらうことなく彼についていった。マルスランは彼をセーヌ河の土手の下へと連れていった。ふたりの子どもの姿が藺草《いぐさ》に隠れるやいなや、「パレゾーの子」は「子ども」をナイフで刺した。そして子どもの首を刎ねると、顔の皮を剥いで、誰の顔か分からなくした。残った身体は、ル・アーヴル・ド・グラース港の方へと流れる、セーヌ河の水の中に捨てた。ずたずたになった顔は、岸辺の砂利の下に隠した。

＊

一年が経った。

マレ地区の歌合戦の時期になった。

「美少年パレゾー」はコンクールに赴いた。シテ島から砂洲《グレーヴ》方面に架かった橋を渡ろうとしたそのとき、遠くの土手の方から、見事な歌声が聞こえてきた。辺りを見回してみたものの、誰もいない。「パレゾーの子」は不安になって岸辺を降りていく。そして、岸辺の境の藺草《いぐさ》の茂みへと入っていった。そこには大きくて黒い空っぽの一艘の小船があり、淀んだ水面をゆっくり漂っていた。

「さまよい続ける間、僕の魂は歌い続けるだろう。海と結ばれた僕の身体に、僕の名が結ばれることはなかった。僕は死んではいない。ただ行方知れずなだけ」

「パレゾーの子」は身を屈めて黒い小船を押しのけると、岸辺の下の小石を脇にどけて、苔の下を眺めた。すると、そこには「子ども」ベルノンの白くなった頭蓋があり、頭蓋は歌っていた。「パレゾーの子」が触ると、頭蓋は歌うのを止めた。魚や蜘蛛たちが頭蓋の肉をすっかり削ぎ落としていた。「パレゾーの子」は頭蓋骨を外套の下に隠して持ち去った。防御柵の向こう側で、彼は歌合戦に参加した。カトリック信者の歌い手はマレの子ども歌合戦に優勝できなかったばかりか、声変わりが近づいたその声はかすれ始めていたため、会場では野次すら飛び交った。

＊

時は流れる。

春が過ぎ去った。

夏のある日、海へと続く道路沿いにあるプロテスタントの街へと「パレゾーの子」は赴いた。彼は一軒の宿屋に入った。そして外套の下から小さな頭蓋を取り出した。死人の不思議な頭に歌わせて、大成功を収めた。何週間もの間、「パレゾーの子」は宿屋から宿屋へと巡業を続けた。歌を聞いた者は誰しも、それが男であろうと女であろうと、みな恐怖と感動の間で心乱れた。彼はたんまり金を稼いだ。噂は広がった。そしてついにラ・ロシェルの港を治める総督の耳まで届いた。港の総督は人が口々に言う話を信じようとはしなかった。そこで、馬から降りると、宿屋の主人であるトノンに言った。

「それはカトリックの宣伝《プロパガンダ》であろう。お前の話は信じられない。歌を歌う死人の頭蓋など、わしは一度も見たことがないぞ」

「あの頭蓋は歌いますぜ」、とトノンは主張した。「それでカトリックだと疑われようなもんなら、わしだっていやですけど」

総督はかっとなって言った。

「もし死人の頭が歌う方が真実なら、頭蓋を見せ回っているそのへぼ軽業師に、体の重さと同じ金を分け与えてやろうじゃないか」

その約束は聾の耳に消えてなくなりはしなかった。「美少年パレゾー」はすぐさまラ・ロシェルにやって来た。彼の顔は喜びに輝いていた。まるで太陽のように。その顔は不遜によっても輝き、彼の美しさに威風を与えていた。三日の間、彼は食べるのを止めなかった。溌剌とした血色で、彼は屋敷へと入っていった。総督は彼がカトリック同盟に入っているかと尋ねた。

「左様でございます」

「われらは同盟があまり気に入らない」

「存じております」

「どうしてここにいる?」

「わたくしは歌う死人の頭を携えて、町から町へと見せ歩いているのです」

「お前の名は?」

「マルスランでございます」

「どこから来た?」

「両親はパレゾー村の湿った谷間に暮らしております」

「お前の仕事は?」

「教会堂《バジリカ》の聖歌隊員でしたが、声変わりで美声を失い、教会から追い出されました」

「今のお前の仕事は正確には何なのだ?」

「今、わたくしは歌う死人の頭蓋を携えて、町から町へと見せ歩いているのです」

「マルスランよ、気をつけるがよい。わしはカトリック信者と同じくらい嘘つきが嫌いなのだ」

「承知しております」

総督は言った。

「ならば、その死人の頭が歌い、お前が金貨に包まれるか、それとも外套の下に隠し持った頭蓋と同じ死人にお前自身がなるか、そのどちらかじゃ」

「美少年パレゾー」は笑みを浮かべ、自信たっぷりの調子で言った。

「猊下、わたくしの意見を言わせていただきますなら、まずわたくしの重さを測ってからにしていただきたい」

総督は冷たくこう応酬した。

「港の総督の言葉を疑うというのか。改革派の言葉を疑うとでも？」

「滅相もございません。疑いはいたしません。疑念を挟むわけでもございません。ただ、わたくしめにどのくらいの金の価値があるかを見る喜びにさからえないのでございます。あなたさまは宿屋のトノンに約束されました。わたくしは三日間食べ続けたのです」

ラ・ロシェルの総督は、広間にいた宿屋のトノンの顔をちらと見た。そして肉屋の天秤が運び込まれた。見目麗しい青年は完全に裸になった。みな感嘆した。カトリック信者だった彼は、人から感嘆されるのが大好きだった。彼の重さが計られた。重さを計り終えた「美少年パレゾー」は顔を輝かせ、目の前に積まれた金貨の山をうっとりと眺めた。それから服を着直した。念入りに身づくろいをすると、外套の下から死人の頭を取りだした。そして、ラ・ロシェルの総督が数え上げ、皆の目の前に積まれた金の山の上に、頭蓋をそっと乗せた。

誰もが息を呑んだ。

「パレゾーの子」は頭蓋の方を振り向くと、歌を歌うよう命じた。

ところが、頭蓋は歌わなかった。

「パレゾーの子」が何を言おうと、どう脅しつけても、頭蓋は歌わなかった。

「パレゾーの子」の顔は真っ青だった。

「お前、嘘をついたな」と総督が言った。

「歌え！」と「美少年パレゾー」は絶叫した。

何も歌わない。

指揮官は部下に合図した。「パレゾーの子」の一番近くに控えていた臣下は、革製の鞘から刃の伸びた短刀を引き抜き、見事な数撃で青年を殺した。受けた傷の一つひとつから血が溢れ出した。血は流れを作りながらひとつに合流した。血の小川は総督の足元まで達し、その上衣に触れた。

すると、その瞬間、絹のクッションの上に鎮座していた死人の頭部が、神秘的なまでに澄みわたった声で歌い始めた。

頭蓋は『報復の瞬間《とき》』と題された歌を選んだ。

ラ・ロシェル港の総督は耳を疑った。

同席していたひとりの音楽家が言った。

「あれは「子ども」ベルノンの声です。私は一五八一年のパリのマレ地区の歌合戦で、その声を確かに聞きました」

ラ・ロシェルの港の総督は、文字どおり魅了されていた。夕方じゅうはおろか夜中じゅうもずっと、彼は頭蓋の見事な歌を聞き続けた。だが、月日が経つにつれて、彼の周囲も、彼自身も、徐々に飽き始めた。『報復の瞬間《とき》』は頭蓋が歌える唯一の歌だったのだ。とうとう頭蓋は改革派たちの倉庫に収められ、埃に覆われた。

48　（影たちの王国）

映画の存在を始めて知ったとき、ゴーリキー〔ロシア、ソ連の小説家で劇作家（一八六八―一九三六）。代表作に『どん底』、『母』など〕は迷わずそれを、影たちの王国と名付けた。一八九六年七月四日のことだ。ゴーリキーはこう記している。「生きている世界の話ではない。私が言いたいのは、色彩もなく、音もない世界のことだ。生命ではなくて、生命の影のことなのだ。背景が前にせり出して、われわれの視線に向かって突進してくる。背景から全速力で前進する、影で作られたこの動きを見るとぞっとする。与えられた動作を永遠に繰り返す亡霊たちのこの強烈な投射は、まるで醒めることのない悪夢のようだ。それを観て、私の背中は汗びっしょりになった。彼方の夜の世界が突然あらわれ出で、われわれに語りかけ、呑み込み、再び沈黙へと消えてゆく」

＊

舌の先に漂ったまま、言葉が見つからないのは、言葉がそこで生まれたからではないからだ。吐息よりも先に存在していた、脈を打つ心臓のリズムに合わせて呼吸するよう運命づけられた、ふたつの時間を共有する生き物である胎生動物の定めが、脱共時性と呼ばれるものだ。

実のところ、痕跡はどれも永遠に謎のままとどまる。なぜなら、それらを背後に残して去った存在者たちの不在を通してしか、痕跡は出現しないからだ。痕跡の存在だけが、意味を与えることができる。痕跡だけが真に郷愁的であり、痕跡を吟味したり、また、痕跡に見合う顔や、それを彷彿とさせる名前や歌声を魂の中に見出そうとする不安気な動物たち自身は、少しも郷愁的ではない。

脱連帯と脱共時性は、本を読み、本を書く人の必要条件である。彼らの精神はいわば、地獄への階段を下る精神なのである。

49（イル・モルト）

ルネサンス期のひとりの画家が、自分の偽名にイル・モルトという名をえらんだ。本名はピエトロ・ルッソ。ヴァザーリ〔イタリアの画家で建築家（一五一一―一五七四）。著書に『美術家列伝』がある〕はこう書いている。「モルトは型破りな画家だった。少しでも自由な時間があれば、古都の地下室へと降りて行った。古代文明の遺跡を研究するため、ローマ近郊の田園に遺された廃墟や洞窟を見に、地下深く降りて行った。だから彼は「死人《イル・モルト》」という異名を自分につけたのだ」

50 （精力《ウイス》）

植物たちは季節から季節へと生き延び続けるのに、なぜ人間には再誕生《ルネサンス》なき誕生しかないのだろう。われわれの内部に漲る力は、なぜ出し抜けに止まってしまうのか。なぜわれわれは乳歯のように生え替わらないのだろう。追い払うこと《ベツレレ》、張力《ピュルシオ》、生命力。七歳ですべてが止まってしまう。十四歳でふたたびすべてが停止する。二十一歳で成長がストップする。四十九歳ですべてが衰える。

*

沈黙や情動、感覚、そして苦しみがそうであるように、行動へと促す動因もまた、同じくらい意識からかけ離れた力である。

自然界《ナトウラ》では、「誕生」は自然が意味するものの中核に位置する。なんであれ、生まれることができる。それが生命力だ。

狩猟が単に区別していただけのふたつの時間を、農業は対立させた。埋める時間と収穫の時間のことだ。

　埋葬された死と、死を乗り越え、次の春に蘇る生。

　農業の時間は、次に巡り来る季節の中に「あの世」を生み出した。旧石器時代の人々が野獣を通して崇拝していた力は、新石器時代になると中国人にとっての運動《チエ》、古代ローマ人にとっての精力《ウイス》、ギリシア人にとっての自然《フユシス》へと変容した。洪水や嵐、雷もまた、生きた野獣とみなされていた。石ころですら生物だった。山々も動物とみなされていた。小石に宿る、涸れることのない活　力《ウイルチユス》がやがて強大な力を導き、永きに続く時間の流れにその力を注ぎこむのだ。「さざれ石のごとき」と形容される、永続するこの時間こそ、古物に宿る力の正体だった。最初の石造都市は生者たちのために建造されたのではなかった。薄闇に閉ざされたこうした都市は、死者の魂や、惑星から来る光や影、そして時間のために造られた。

＊

　力こそが、美徳の第一の意味だった。『トゥスクルム荘対談集』でキケロは次のように書いている。「雄々しさ《ウイルトウス》とは男子《ウイル》に由来する活動であるが、それは老　い《セネクトウス》が老人《セネク》に由来する活動であることに完全に一致する」生殖器はウイレスかウイリリアと呼ばれた。「エウイロ」は去勢の意である。雌と対峙したときの雄に固有の性的活力の実行が、雄々しさ《ウイルトウス》であった。その後、殺される可能性という意味で、有角の野獣と正面切って対峙する際の英雄の勇気を表現した。われわれ西洋の伝統において、アルファベットのアルファの文字はその光景を描いている。向かい合い（性交）、額と額の突き合わせ（コリーダ）、肉体《ウイス》対肉体、ローマ式格闘技、フランク族の闘技、中世の騎馬試合、ルイ十三世治下での決闘、等々。精力《ウイス》とは、死への侮　蔑《フォルテイテユド》と力とを、積極的に激しく結合させる活動なのである。男　根《フアスキヌス》の雄々しさ、植物の活力、硬貨の価値、言葉の意味、すべてが精力《ウイス》である。

＊

旧石器時代的に言えば、あらゆる行為の中心には常に力が宿っている。

「私以上に強い力に突き動かされた」

これこそ英雄たちが口にする言葉だ。主体（「私」と言う人）がいかにして徴候（自分以上に私である私）を規定するかを、この言葉は物語っている。自分以上に強力な力とは、殺戮者の猛禽的な動力である。それは違犯者の悪魔的な暴力でもあり、創造者のデミウルゴス的な力でもある。それらはすべて、厳密な意味での、美徳に宿る精力《ウイス》なのだ。

雄牛の敵対心も、花の樹液も、雄牛や花自身以上に強力な何かの表れである。それは「激しい《ヴイリユラン》」ウイルスという語はそもそも、植物の分泌液や哺乳動物の精液、もしくは蛇が吐き出す猛毒を意味していた。

＊

パウロはその才能を、人類全体のための復活を考案することで発揮した。最後の審判が神によって下された後の、肉体と精神の第二の誕生を彼は想像したのだ。パウロが現れるまでは、イエスでさえ死んでいた。「イエスの再誕生」には三日間の試練が課された。イエスは墓石を持ち上げねばならなかった。マグダラのマリアに彼の姿を認知してもらう必要があった。その肉体はトマスの両手によって触れられた。エマオの村まで歩かねばならなかった……等々。

パウロにとっての復活は、永遠を示していない。

最後の日を参照項としている。

「復活において」《イン・レスレクテイオーネ》は、「終末の日に」《イン・ノウイッシモ・デイエ》と表現される。

一番新しい日の中に、ふたたび現れ出ること。

力が蓄積される。力はより新しい日へと向かう。次から次へと刷新される日へと向かうのだ。

*

パウロはギリシア語で、アウグスティヌスはラテン語で、それぞれに同じ焦燥、同じ「美徳」、同じ精力《ウイス》、春の息吹のごとき同じ文体の才能を発揮した。

跳躍、力、断絶、絶えざる焦燥感、遺伝的ではない分裂、思弁的な性急さ。

活力ある生《ウイータ・ウイーウア》。

*

パウロが復活を考案したその一方で、アウグスティヌスは地獄を様変わりさせた。

アウグスティヌスの才能は、水の淀んだ沼へと少しずつ足を掬われてゆく、哀れな黒衣の亡霊たちの地下での彷徨を、永遠の光に照らされた天国の都での都会的で安定した人生へと変えたことである。つまり、無力で、輝きを失った、弱々しい人間の深淵を、輝かしく激しい永遠の未来へと変えたのだ。呻き声を上げる亡霊たちの死すべき運命を、輝かしい身体をもつ不死身の生の約束へと変容させた。こうして、天の都は地上のあらゆる町にとっての「意味」となった。だから、墓の守護聖人たちの墓石の周りを囲むようにして、都市という共同体が生まれたのだ。聖マルティヌスにとって、それはトゥールの町だった。聖カッシウスにとって、それはボンだった、等々。

51　黒い炎の小舟

わたしの幼年時代、ノルマンディー地方では、なんの変哲もない椅子を白い布で覆って十字路に置き、それを海の港の楽園と呼ぶ習慣があった。椅子の背には、花を挿した小さな花瓶で周囲をぐるりと囲まれた、一枚の敬虔な版画が鋲で留められていた。人々は版画の前に置かれた蝋燭に灯りを灯す。蝋燭のしずくは椅子の座板の藁の上に流れ落ちて、藁に張り付いていた。

版画には、嵐に揉まれる一艘の小舟が描かれている。

波の上に降り立った神が、海に向かって両手を高く上げている。

海の港の楽園に描かれた船は、死者たちを乗せた船である。「黒い炎に包まれた《キルクムダタ・イグニブス・アトリス》」スティクス〔ギリシア神話において生者の世界と死者の世界とを峻別する川〕の船だ。

放射状に広がる天蓋の暗闇に紛れ、生者たちを覆う夜の中ではまったく見えないこの「漆黒の」炎が、地獄の闇を弱々しく照らし出す。

蝋燭が燃え尽きるまでの諸段階を、パウル・ツェラン〔ドイツ系ユダヤ人の詩人（一九二〇—一九七〇）。戦後のドイツ語圏詩人を代表するひとり〕は生涯にわたって、詩の余白に書きなぐった。

数千年前の昔、洞窟に描かれた陽画《ポジ》の手は、何にもまして松明の先で燃える炎に似ている。

欲望にとらわれた男性の身体で勃起する性器は、まるで魔法の小枝の先端から湧き出る炎のようだ。

オクレーシアと王妃タナクイルの眼前に、男性器の形をした炎が現れた。そしてセルウィウス・トゥリウス〔伝説上の王政ローマ六代目の王（前五七八―前五三四）〕が誕生した。

ルーヴル美術館に展示されているジョルジュ・ド・ラトゥール〔十七世紀フランスの画家（一五九三―一六五二）。「夜の画家」とも呼ばれる〕の絵画では、闇に浮かび上がる炎を包み込む幼子イエスの指が、まるで一輪の花のようにみえる。

52　黒という色特有の力について

ラタは不思議な夢を見た。というのも、その夢の中で彼は何も見えなかったからだ。見えるものは何もなかった。黒塗りのように真っ暗な世界に彼は迷い込んでいた。それは夜の中の夜だった。その夜が恐ろしくて、彼は夢から目覚めた。そのときラタはこう独り言を言った。「ああ、私の目は閉じたままだ。ここはなんと暗いことか。私の夢は壊せと告げている」そして彼は寝床から起き上がり、次のように故郷に別れを告げた。「ああ、我が故郷よ。私にとってお前はもう顔がないのだから、その顔を隠すがいい。そして消えろ！　消え失せろ！　私が別れを告げる今のうちに、消えてなくなれ。旅の間に消え失せよ！」そう言い終えるなり、ラタは小舟を汀まで引いていった。海に乗り出し、櫂で船を漕いだ。ずっと漕ぎ続けた。後ろを振り向くことはなかった。ついに故郷が見えなくなった。すべては闇の中に消えた。故郷を離れたあと、ラタは二度と戻ってこなかった。

53　ポンペイウス

彼は黒っぽいトーガを纏い、顔を覆った。そして宵闇にまぎれた。誰にも告げずに立ち去った。背後に広がる戦場は、六千にものぼる彼の兵士たちの死体で覆われていた。彼は三十四歳だった。ラリサの町を避けた。テンペという名の川に出た。彼は跪いて川の水を飲んだ。漁師たちの姿が見えた。そこで彼らの船を買い取った。川を下って海に着くと、ちょうど錨を上げようとしていた一艘の商船が目に入った。彼は商船に飛び乗った。アンフィポリスに着くと、彼の帰りを待つ妻のコルネリアと息子を迎えに行くため、ミティリニ行きの船に乗り換えた。そして、自分のものですらないたった一艘の船の上でやつれ、打ちのめされ、哀れで、完全にひとりぼっちになったポンペイウス〔古代ローマの軍人で政治家（前一〇六―前四八）。カエサル、クラッススとともに第一回三頭政治を結んだが、後にカエサルと対立、暗殺された〕に会いたいと願うなら、この船に乗って彼の許まで来てほしい、と妻に宛てた一通の手紙を託して、短艇を海に送り出した。コルネリアと息子は申し出を受けて到着した。ポンペイウスは妻を抱きしめながら、涙ながらに言った。「妻よ、かつての道とは違う道にダイモンはわれわれを導いた。かつての人生から今日のそれへと変わったのだ」水夫たちは帆を上げた。船はアッティラに着き、そこでキリキアのガレー船に合流した。そしてついにエジプトの沿岸が見える場所までやってきた。ポンペイウスは錨を下ろした。彼はプトレマイオスに援助を求めた。プトレマイオスは会議を招集した。宦官ポティオンは「彼を追い払うべきだ」と主張した。士官アキラスは「彼を迎え入れるべきだ」と言った。弁論家テオドトスは「彼を迎え入れれば、カエサルはわれわれの敵となり、ポンペイウスはわれわれを非難し、われわれの主人となるでしょう。もし彼を追い払えば、彼を拒絶したかどでポンペイウスはわれわれを非難し、彼を自由に立ち去らせたかどでカエサルもわれわれを非難するでしょう。ですから、ポンペイウスをここに来させて、彼を殺してしまうべきです」と助言した。プトレマイオスは迷った。そこで弁論家テオドトスはさらにこう付け加えた。「死体は噛みつきません」そこで、プトレマイオスはテオドトスの提案を受け入れ、その実行をアキラスに託した。

アキラスは小舟に乗ってポンペイウスのいる大型船に近づき、こう叫んだ。

「溜まった泥水のせいで、ガレー船であなたを迎えには行けません。どうかこの小舟に乗ってください」

ポンペイウスはためらった、が、結局、綱を伝って小舟に乗り込んだ。船艇に足が触れたとき、彼は大型船の方を振り返った。そしてコルネリアに向かって叫んだ。

「われわれは往古から現在へと跳び移ったのだ」

ガレー船に腰を落ち着けようとしたポンペイウスは、フィリプスが差し出した手を握った。その瞬間、セプティミウスが背後から近づき、ポンペイウスを剣で貫いた。彼の首を討ち取ったのはアキラスだった。弁論家テオドトスは討ち取られたポンペイウスの首を保管した。彼の身体は裸にされて、船上から海へと投げ捨てられた。その二日後、海岸を歩いていた蛸釣りの老いたローマ人が、波に運ばれてきた首なしの遺体に情けをかけた。彼は死体をチュニカでくるんだ。そして、浜辺に打ち上げられた一艘の漁船の残骸と一緒にそれを燃やした。

54（地獄の禁忌について）

黄泉の国の地獄の門に着いたとき、アエネアス〔トロイアの武将。トロイア戦争で敗戦後、イタリア半島に逃れ、ローマ建国の祖となった。ウェルギリウスの叙事詩『アエネーイス』の主人公でもある〕はまず非埋葬者《インセプルティ》たちに出会った。遺族によって地中に埋められることのなかった人々は、古代ローマで非埋葬者《インセプルティ》たちと呼ばれていた。彼らはスティクス河のほとりを百年の間放浪させられ、忘却の河を渡るために新たに到着した死者から金貨を強奪するか盗むまでの間、放浪者か追い剝ぎのようにしてそこをさまよっていた。

ついで、アエネアスは死んだ幼子たちの亡霊に出会った。彼らはアオーライと呼ばれていた。

ついで、惨死した人々の魂と鉢合わせした。地獄入りを直前に控えたこれら究極の亡者たちは、四つの階層に分かれていた。すなわち、死刑宣告者、絶望か極度の悲しみの果ての自殺者、愛による心中者か恋情に支配されて殺人に手を染めた者、そして最後に、戦いで殺されたものの、戦場に残された遺骨が拾われることがなかったか、海戦で命を落として水や海にさらわれた戦士たち、である。

彼らは皆、冥府から排斥された死者たちだった。

古代において、非埋葬者《インセプルティ》たちは原義における「ユートピア」、すなわち自分の場所をもたない身体である。死んだ子どもたちは時代錯誤者《アナクロニー》、すなわち彼らの内部で時間が脱臼してしまった者たちだ。惨死の犠牲者の場合、死の激烈さが理由で冥府から排斥されたのではなく、彼らが時を待たずに命を絶ったからである。地獄の境界でさまよい続けるこうした存在、半ば天使で半ば悪魔のような彼らをまとめて定義するには、「早死した者」という、不条理な概念によらざるをえないだろう。彼らの生がまっとうしたはずの年月分だけ、彼らの魂はさまよわねばならない。

別れの不履行が存在する。

人間に与えられた死がそもそも未完遂でしかあり得ないとしても、他のどの死よりも未完成の死というものが存在する。

他の誰かがそれを掴み取って完遂させねばならない、そんな未使用の力を示す存在として、「未完の死」は生者たちの世界をさまよう。

いまだ熱にうなされた魂たちの心の時間が、大気中に漂い続けている。

完全に死んではいないない死者たちがいたるところ、さまよっている。作り話をしているのではない。日々の生の話をしているのだ。どんな夢も彼らを知っている。あらゆる決断は彼らの決断を繰り返す。

*

目には見えないたくさんの悪魔の仕業がある。放心状態の生気や、頓挫した芽ばえ、内に向かう攻撃性、治まらない渇望、静まらない欲求、飽くなき欲望、潰えた繁殖、これらはみな生者に対して利用される。

王女メディア〔ギリシア神話に登場するコルキスの王女。エウリピデス作の悲劇では、自分を捨てた夫に復讐するため、息子も自ら手にかけてしまう〕は早すぎる死（彼女が剣で殺めたふたりの幼い息子たち）を味方につけて復讐を遂げる。そうすることで、復讐に飢えた霊たちを夫ジェイソンに対して暴れさせ、永遠に彼を苦しめようとしたのだ。確かに、メデイアが犯した犯罪における犠牲者の年若さと親子関係は残酷極まりないとはいえ、犠牲者との母子関係にもその年若さにもかかわらず、メデイアを真に誘惑したのは、いまだ煮えたぎるような激しい生命力が、毒性の持続するウイルス性の復讐心を夫に対して引き起こし得るという事実だった。息子たちの喉を掻き切ることで、メデイアは悪魔たちを作り出したのだ。

繁殖力をもつ欲求不満の毒性が少しでも和らぐのを願い、ローマでは処女たちを陵辱し、殺害した。

*

チュニジアでキリスト教者になった後でさえ、「性的悦楽を経験しなかった魂は、取り逃がした人生への恨みに溢れかえっている。使われなかった精力が魂を邪悪にする」と、テルトゥリアヌス〔キリスト教の神学者（一五五頃―二二〇頃）〕は書いた。それはドイツの哲学者たちが「憧憬《ゼーンゾフト》」と呼んだものである。危険な郷愁。それは有害な感傷癖だ。

*

コリマの収容所で体験したことをなんとか語るために（あの筆舌に尽くしがたい、死が絶えず浸み込む、あの恐ろしい死との境界線で自分が経験したことをなんとか表現するために）、片方は死に、別の片方は生き残るという一対の登場人物の姿をとおして、みずから二重人格となる必要がシャラーモフ〔ソビエトの小説家（一九〇七―一九八二）〕にはあった。

「生き死人」たちを舞台上に乗せることによってしか、シャラーモフは苦しみの経験を語ることができなかったのである。

完全に死に絶えた部分を、生き残った部分に嵌め込もうとする行為によってしか――。

＊

『エウデモス倫理学』冒頭で、アリストテレスは、時間に接ぎ木された痙攣として勇気を定義した。そもそも意図的な行為という動作因をもつ推進力は、時間にしたがう。勇気とは持続する一瞬ではない。むしろ、勇気が生じた瞬間が持続的に再生産され続けなければならないのだ。

実のところ、およそ人間業とは思えぬ、不思議な接ぎ木。

勇気は「絶えざる出現」を欲する。

律動的に血液を送り出すのが「心臓」の働きなら、「勇気（心臓）を持つ」ために必要なのは、最初は安定したエネルギーに始まり、それに次ぐ横溢の中ではより持続的に続くエネルギーであろう。

人間にとっての勇気とは、おそらく欲望とは真逆のものなのだ。

もしも人間において勇気が純粋状態で存在するなら、それはむらも振動も急変もなく、統御され完全に意図的で、持続的で緩慢な野蛮さになるだろう。予測不可能で、短命で、疲れやすく、性的で不規則な動きによる野蛮さの反対物というわけだ。勇気も欲望もどちらも執拗なものである。欲望する人間の中には、完遂不可能な何かが根づいている。死体には完遂しなかった何かが残されている。そうであるなら、勇気の定義に完遂の美徳を加えるべきだろう。完結の力が死に「致命的な一撃」を与える。それが芸術だ。完成しきる、これが芸術の秘密である。

＊

完成しきるとは、生の残滓を死の中で殺すために、死に至らしめる行為のただなかで蕩尽し尽くすことを意味する。「勇気ある者」だけが、その行為の供儀者になれる。作品を完成しきる、愛情を断ち切る――、こうした行為は、おそろしく迅速で唐突な、饒舌さを欠いた勇気を必要とする。意図的な唐突さ。どうやらわたしは勇気の職人的な秘密を言い当てたようだ。デューラー〔ルネッサンス期ドイツの画家（一四七一―一五二八）。油彩画だけではなく素描、水彩画、版画などの分野でも傑作を残した。代表作は『メランコリア』〕は、余計な線を描く手前で手を止めることのできた芸術家だ。古代ギリシアの思想家にとって、勇気とは、襲い続けることを止めない何か、（火山や潮汐、風、稲妻、地震など）自然の基盤をなす、止むことなく襲い続けるその動きから力を得るものとみなされていた。「自然《ピュシス》」は「流失《リュシス》」においてすべてに先んじる。存在は時間においてすべてに先んじる。勇気ある者とは、時間と死を操る不思議な職人なのだ。彼を形づくる人物の内部で時間を早回しするあの運動に、自分を合わせることのできる職人。プロタゴラス〔古代ギリシアの哲学者でソフィストの祖（前四八一―前四一一）〕は憐憫よりも叡智よりも優れたものの例として、突破力をもつ勇気、行動を伴う粘り強さ、そして起爆力を失うことなく熱情を中断することのできる時間の三つを挙げた。ある種の軽率さが勇気と言えるが、それは慎重さが不安を生じさせるとはいえ、その不安「にもかかわらず」、外の世界へと出て、自分のねぐらを捨てたかと思うと不意に後ろを振り返り、何かに立ち向かおうとするような、そうした軽率さなのだ。何があろうと前進しようとする軽率さ。この勇気ある軽率さの結果、勇気は沈黙となる。野獣たちの動きを導き、不意に彼らの耳をそば立たせ、不安で顔を上げさせる停止や中断を経ながら、勇気は前進する。跳躍を前にした筋肉の収縮によって停止は起こる。それは自然言語よりもはるかに古い模倣《ミメシス》である。人間に備わった器官的な美徳というよりもむしろ、決断の瞬間、すなわち時間的な始まりの瞬間に無意識になされる、思慮深い跳躍運動なのである。あの唯一無二の中世の時代、日本の詩人や侍たちはこの「思い切った瞬間」、つまり突如作動し始めるあの宙吊りの時間について、誰もしないような仕方で瞑想した。重要なのは、意識の関与しない噴出を自然と動物性から借り受けることである。唐突になること。落ちていくこと。小さく叫ぶこと。雷のように電撃的になること。終止符を打つこと。和音をかき鳴らすこと。

55 （フランツ・ジュースマイヤー）

フランツ・ジュースマイヤー〔オーストリアの作曲家（一七六六―一八〇三）。モーツァルトを師として仰ぎ、その遺作『レクイエム』を完成させた〕の言葉。「死によって中断されたか、精魂尽き果てた作者たちが未完成の状態に打ち棄てた傑作を、私は完成させる」

56（ヘルクラネウムのフィロデモス）

奪われた時間はたとえ夢の中ですら取り戻すことはできない、とヘルクラネウムのフィロデモス〔古代ギリシアの哲学者で詩人（前一一〇頃―前三五頃）。エピクロス派に属し、『音楽について』、『死について』などを著した〕はそう書いた。このナポリ生まれの哲学者の言葉の続きは、さらに謎めいている。「人間に長寿を願うべきではない。長寿は活力に満ちた生ではないからだ」

古代人やヴェスヴィオ火山山腹の住民たちが活力ある生と呼んだものは、ランボーやアルデンヌ地方の多雨な森が真の生と呼んだものとは違う。フィロデモスによるギリシア語の文章を読むときに考慮すべきは次の事実、すなわち、時間の衰えに加えて、妄信的で憎しみに満ちた人間暴力から哲学者を救ったのは、ほかでもない、火山の力や溶岩が見せた激しさであったという事実なのだ。

生とは濃密さであり、時間は間合いである。

ある人生が長かろうが短かろうが、それ自体は問題ではない。（大地の岸辺で）横溢する現在の、その最高潮に達した瞬間（往古の噴出）だけが唯一、重要なのだ。

自己でも、イメージでも、ましてや他人によって教え込まれたことばの力でもなく、飛びかからんばかりに敏捷で、自由で、空虚な秘部だけが、われわれ一人ひとりの身体にとって重要であるように。

往古がこれ以上増大することはない。ただ、往古を展開する時間の流れが無秩序で不確かなだけだ。かつてポンペイやヘルクラネウム、パエストゥム、そしてカプリに生きた快楽主義者《エピキュリアン》たちは、いかなる喜びも先延ばしにしないためにこの論法を引き合いに出した。

アウグストゥスが独裁を課し、帝国を創設したのと同じ頃、ホラティウスは極めて大胆な方法で「その日を摘め《カルペ・ディエム》」と書いた。かつてないほどに人口過剰を極めていたローマのある通りに、ホラティウスは住んでいた。そして小さな鎌を手に持って野花を摘み取るように、時間の中の一日を刈り取るべきだと主張した。一日を刈り取れ！　時間を切り取れ！　たとえば、今週の木曜日を、それがあたかも一輪のアネモネであるかのように摘み取ろうと心しなさい。暁が生まれるたび、往古は空間に新たな光を芽吹かせる。ふたつとして同じ暁はない。この世のどんな朝も、二度を繰り返されることのない朝なのだ。ふたつとして同じ夜は来ない。夜のたびに来るのは、空間の内奥そのもの。ふたつとして同じ花、同じ朝露、同じ生はない。だから一瞬ごとに「君よ！」と語りかけるべきなのだ。来たるものすべてに向かって、「おいで！」と叫ぶべきなのだ。生とは、（生のあらゆる瞬間に存在する）唯一の語りかけの時間、生を刷新する機会が訪れるたびごとに、生の喜びを浄化する瞬間である。少しずつ不安や恐れを取り除かれた喜び。あるいは、誕生時の苦しみから完全に濾過された喜び。現在と日、花、先端部、身体、叫び、喜び――、これらを人はひとつに統合することができる。

57 経験すること《エクスペリーリ》

アルツハイマー病に罹った人々が教えてくれるのは、時間の底を漂う、無秩序で空っぽな大時間《グラン・タン》の存在である。気がかりどころか、不動不滅にすら思われるアルツハイマー患者たちの分別は完全無疵だ。ほとんど子どものような彼ら。意識されず、指標ももたないこうした分別は、完全にわれわれを慌てさせる。方向性の消失に支配された分別。時間は超越的な所与ではない。時間は経験に先立つ、心的な形象《フォルム》ではないのだ。時間的関係とはいえど、それは社会的に構築された人間同士の関係性にすぎず、その起源は農業に由来し、その機能は宗教的で、言語習慣と同じように学習によって獲得された以上、人間の唇から言語が消えるのと同じように、消失しうるものなのだ。だが、たとえこうした関係性が破壊されたとしても、時間の溢れ出んばかりの噴出の全体性は失われない。人間にとっての時間を学習するのは困難であるものの、いとも簡単に砕け、一瞬にして消滅してしまう、幾重にも接合された持続の断片による構築物、すなわち連続するものの評定や変化の解釈、あるいは時間や限界、想起や忘却、顔や死者たちの蒐集として、時間は間違いなく分析されうる。たとえそれが事実であれ、このわずかばかりの残滓、つまり、人が喪失物から作り出した表象物の内部で生き続けるある関係性の成熟について、わたしは検討してみたいと思うのだ。つまりは、誕生以前の空虚について、ということであるが。太陽以前のブラック・ホールと言ってもよい。人間によって作り出された事物に満たされ、固有の時間を展開する世界での消滅に固有の、予測不可能性の突然の介入。芸術空間をなすのはこの喪の時間、実に長く辛抱強く、永遠に未完成で不定過去的なこの喪の時間である。一九〇四年、フランツ・カフカはオスカー・ポラックに宛ててこう書いた。「自分よりも大切な誰かの死がそうであるように、われわれに強く影響を及ぼす書物がわれわれには必要なのです」

*

生まれ出る者は誰しも、道に迷った英雄なのだから、われわれには語りが必要なのだ。

*

ヒトの脳内にある「より内的な」言語嚢は、話し言葉の機能における位置関係を端緒として形成され、拡張する。

そしてこの空虚な場所に、死が住処を求めてやってくる。

古代ローマ帝国時代における「死をめぐる瞑想《メディタテイオ・モルテイス》」の日常的な実践は、ローマ人たちにとっての終わりがいかに最期の瞬間と一致しなかったかを教えてくれる。

*

呼吸をするうちに忘れ去られてしまった最初の生へと、われわれは運命づけられている。誕生時の光のまばゆさの中で、最初の夜が消滅する。そして、最初の生はことばの中で脱落してしまう。われわれの生の本当の始まりにおいて、いつわれわれの生が始まったのかを確定できないほど完全に。

自分たちの誕生の日付を確定できるとわれわれは主張する。

生まれ落ちるやいなや、われわれはすぐさま「事後的な場所」へと追いやられてしまう。

そして、今度は習得された言語の内部で同じように習得された時間の中に追いやられる。

ラテン語動詞のエクス・ペリーリ（ex-periri）は「生き－延びる」という意味だ。「経験すること《フェール・レクスペリエンス・ドゥ》」とはゆえに、「ふたたび－感じるべく試みる」となる。

「一歩後退《シュリッツトーリュック》」、ブレイク・ダウン、「子宮への後退《レグレスッス・アド・ウテリム》」、「精神の退行《レグレシオ・メンティス》」――、こうした負債や後退はどれも、まずは大気中の生以前に遡る胎児としての生の中で、そして自然言語を獲得する前の幼少期《インファンティア》においては、誰しもが経験していた。

*

デュシャン〔フランス生まれの芸術家（一八八七―一九六八）。ダダイスムの代表者の一人で、レディ・メイドを提唱するなど二十世紀美術に多大な影響を与えた〕は絵画を「遅延」と呼んでいた。エリートたちにとって遅延は一世代だった。教養をもつ民衆にとっては二世代、大衆にとっては三世代だった。事後的な審判に支配された歴史的な語りによって生み出された国民的英雄（殉教者）の姿を、大衆全体が満場一致で崇拝するには、一世紀の時を要した。

*

遡及的でしかないとすれば、親族関係も言語的なものだ。各家系の系譜は、その系譜を解説するというよりはむしろ、それを創設した物語の結末にすぎない。人の苗字は、先祖たちが脚色を加えながら語り継いだある物語を語る。それは生きた、物言わぬ小動物上に貼り付けられたキャプションでもある。先祖は生まれたばかりの人間に死者の名を与え、虚偽ではないにせよ、大幅に改良された古い物語でその子を祝別する。

名付けないことは生まれさせないことであり、それは鎖を断ち切ることでもあり、名前の反復を通して先祖の地位へと至るのを禁じることでもある。それは、同じ名が繰り返されることで洗礼の際に死者が戻ってくるのを避ける行為でもある。

*

胎児の身体は、自分がそこで生活していた内嚢の身体が突然失われてしまったと感じる。誕生に続く瞬間、胎児の身体はその内的身体から切り離され、そこから抜け出るのだが、驚いたことに、パニック状態に陥った彼自身の眼前に、かつての内的身体が今度は母親の身体として、彼自身の体と対峙する形で現れる。離別した大きな物体《オブジエ》の傍らで、自分を見失っている小さな物体《オブジエ》のごとき存在が嬰児である。こうして、かつての融合は敵意へと変化する。土の中へ一緒に持って行ってもらうために、喪に服す人が大切な品物を死者に託すとき、その品は一種の抵当となる。途方にくれる人とは別の何かが、喪失とともに旅立たねばならない。そのとき、遺された者が失われゆく死者と再融合するのを避けねばならない。このふたつの暗礁こそ、供儀が避ける二種類の死である。狩猟の後の獲物の分有という行為に継承された人間固有の供儀を基礎づけたのは、ホモ・サピエンス以前から存在したこの喪の供儀であるという仮説は十分ありうる。というのも、殺され、切り刻まれた犠牲者が対象となる狩猟の場合においても、同じく死者が問題になっているのだから。一方、動物たちの供犠を規定するのは、極めて異なる時間の分割構造――まずは肉食獣、次いで腐肉を漁る有翼動物たち、そしてシャッカルやハイエナ、狼、犬など地上の腐肉荒らしたち、そして最後に人間――を通じての、積極的な分有である。

58 (残滓《デ・レリクオ》について)

聖ペテロは何を残したのだろうか。聖ペテロは小舟と網しか残さなかったではないかとわれわれは言いたくなる。だが、ペテロは主に向かってこう言ったのだ。

「主よ、ごらんください。われわれはすべてを後に残してきました」〔『マタイによる福音書』、十九章二十七節〕

すべて残してきた《レリクイムス・オムニア》のです。

聖ペテロが残したのは小舟と網だけではなかった。彼はすべてを捨てたのだ。小舟と網を手放すことで、運搬と捕食、すなわち移動と連鎖を捨てたのである。運搬と移動、捕食と連鎖を捨てることで、すべてが放棄された。

59（フランス史における菊の伝来について）

ベルネ船長によって菊の花がトゥルーズに輸入されたのは、一八三一年のことだった。

一八八〇年には、死者たちを祭る日のフランスじゅうの墓地が、菊の鉢植えで覆い尽くされた。

この日を記憶にとどめるのはたやすい。というのも、それはベルフォールのライオン像建立〔一八七〇年の普仏戦争によってプロイセン軍に包囲されたアルザス地方を奪還したレジスタンスたちを記念するために、建立された〕と同じ日だから。

60（臍）

どんな生物も生まれ落ちる瞬間、彼を包み込んでいた外皮を失う。臍の尾が切断された瞬間から、絆が断ち切られる。そして、切断部分が結ばれる。直接的だった融合はこうして切断されたあとに、結ばれる。

胎盤はゴミ箱に捨てられる。臍の残り部分もゴミ箱行きだ。繋がりが消失する。

母親だけが、失われた乳房と失われた胎になるわけではないのだ。

消尽の可能性が物質《マチエール》の中でさまよっている。

古い原子核を呑み込むことのできる新生の集合体のことを、ストレンジレットという。

このように、宇宙空間に豊富に存在する物質の中でもっとも不安定な変種によって、いくつかの惑星は消化される。

61 （アレクサンドロス大王）

天国に着いたとき、アレクサンドロス大王〔マケドニア王国国王（前三五六―前三二三）。ガウガメラの戦いでペルシア征伐を達成したのち、東征軍を再編し遠征。中央アジア、インド北西部に至る広大な世界帝国を実現した〕は驚くほど重いひとつの頭蓋を受け取った。腕はすぐに下がり、腰は曲がったため、死者の頭を地面に置かねばならなかった。それほどまでに頭蓋は重かったのだ。こうして、ギリシア人たちの帝王は天国に入ることができず、その入り口にとどまっていた。

彼は二日間、考えた。

三日目になると、彼は地面にかがみこんで、指でわずかの土を集めた。その土に唾液を混ぜた。そして頭蓋の空洞のふたつの眼窩を丁寧に塞いだ。まるで鳥の羽根のように軽くなった死者の頭部を持ち上げると、それを脇の下に抱いた。そしてこう呟いた。

「死んだ人間の頭蓋など、実際、一握りの渇いた土ほども重くないということか」

そう言うなり、彼は天国の方へと足を踏み出した。

ところが、そこで待ちぼうけをしていた墓のないひとりの戦士が彼を引き止め、唾液を混ぜた土で眼窩を埋めた途端に、なぜ死者の頭蓋があんなにも軽くなったのか教えてほしい、と尋ねた。

征服王アレクサンドロスは非埋葬者《インセプルトゥス》に答えた。

「人間のうちで唯一重さをもつのは、飽くことを知らない瞳だけなのだ」

62 （死者の儀式）

怒りの日に復活を遂げるまでの長い期間、死者の身体が守護されることを願って、人は死者の枕の下に薬草を詰めた小袋を忍び込ませた。この小袋は感覚質《クオリア》の目録《リスト》でもあった。この目録《リスト》は子どもの歌う童歌へと変容した。わたしはヴィルツヴィスの目録《リスト》〔聖母マリアの被昇天のお祭りに捧げられる野菜のブーケのリスト〕をそらで朗唱することができる。「コタニワタリ、ナス、ヨモギ、オトギリソウ、パセリ、ヤグルマギク、ダイコンソウ、ヘンルーダ、セージ、サイボリー、タイム」

ゆったりとしたリズムで始まり、最後はあっという間に終わるこの目録《リスト》は、黙読するよりも朗読すべき、一編の美しい詩である。

朗読するよりもむしろ、感じるべき目録《リスト》。

*

人はかつて時間を宙吊りにした。大時計や振り子時計、目覚まし時計、腕時計の時間を止めた。そして墓地から戻ってきたときに、ふたたび時間を進めた。

＊

遺体がまだ家に安置されている間は、生に属する何かがまだ空気中を漂っていた。大声で話すのは避けた。息遣いや動作も控えめになされた。家族全員が生と死の間《あわい》を生きたのである。時間と永遠のあいだでいまだ躊躇している魂に寄り添った。息を引き取った後の魂は青空に昇ってゆく必要があった。人の心や不幸や悔恨、思い出、床、暖炉、酒樽、長持ちのそばに死者の魂が留まってはいけなかった。なにものも旅立つべき者を引き止めてはいけなかったのだ。こうしてよろい戸が閉められた。雨戸が引かれた。鏡や姿見、輝く道具《オブジェ》類はすべて薄布で覆われた。飾り扉の狭い棚に並べられた皿はすべて、壁側に裏返しにされた。銅製の台所用品一式は裏返された。炉の火は消された。井戸の水にも覆いがかけられた。ミルクにも蓋がされた。

衣服や楽器、扉にも経帷子の一部（ちりめん布）が掛けられた。閉じたピアノの上に置かれた水槽も厚布で覆われた。

鳥かごも覆われた。

メッス地方では、家長が死ぬと相続人は地下室に降りて、主人の死をワインに告げた。酒樽から酒樽へと、生き残った息子が告げ回った。指で三回樽を叩く。そして酒樽一つひとつにこう言った。

「おまえたちの主人は死んだよ《ウエン・メースタ・イズ・ドッド》」

フランス南端でも同じく、太陽の下、ミツバチの巣箱が三度指で叩かれた。

養蜂家は野原の端まで歩いてゆき、周囲の空気に向かってつぶやいた。

「さあ目を覚まして聞いとくれ、お前たちの主人が死んだよ《レヴエラッエ・ヴー・プティタスル・メトル・エ・モール》」

63 （タムース）

雄弁術教師アエミリアヌスの父はエピテルセースといった。ある日、エピテルセースはティベリウス帝の治世下にあるイタリアを一目見ようとエジプトの大型船に乗船したものの、風が止んでエキナデス群島周辺の海で船が不意に止まってしまった。

日はまだ暮れていなかった。

船の上で乗客たちは食事をしたり、賽子遊びに興じていたが、彼方のパクシ諸島の方角から呼びかける声が突然聞こえたとき、彼らは互いにささやき合った。

声ははっきりとこう呼びかけていた。

「タムース！　タムース！」

乗客たちは黙った。

タムースとは、舵を取っていたエジプト人の名だった。三度目に彼の名が呼ばれたとき、タムースはいてもたってもいられなくなって、舵取りを放棄し、すべての乗客が見守る中で、あんなにはっきりと彼の名を呼び、彼に語りかけた神の名誉を讃えるため、船の甲板にひれふした。そのとき、あの謎めいた声がまた聞こえてきて、こう言った。

「タムースよ、パローデス〔ボスポラス海峡に面する小アジア半島の町〕近くに着いたら、パンの神が死んだと告げるのだ」

タムースは甲板の上にひれ伏し続けたが、それ以上声が語ることはなかった。風がふたたび吹き始めた。声が語っている間にどっぷりと暮れた夜の中を船は進んだ。そこでタムースは膝を正して起き上がり、ふたたび舵を取った。船がパローデスの岸にたどり着いたとき、風がまた止んだ。今度はタムースがゆっくりとした動作で錨を下ろし、ゆっくり船尾の方へと向かい、大地に向けてギリシア語でこう叫んだ。

「偉大なるパンの神が死んだ《ホ・メガス・パン・テトゥネーケン》」

そのとき、驚きの叫びに入り混じって、何千もの人が発した巨大な呻き声が大地から湧き上がってくるのを人々は聞いた。

*

神々が黙するとき、神々よりも古いものの、神々ほどには壮大ではない何かが現れ出る、とプルタルコス〔古代ギリシアの伝記作家（四六頃—一二七頃）。『英雄伝』『倫理論集』で知られる〕は言おうとしたのだ。

彼はそれを巨大な呻き声と呼んだ。

巨大な嘆き声《メガス・ステナグモス》。

自分たちの苦悩が達した強度を前にして、驚きに溢れた人々の呻き。

みずからが消滅するときに、神々は彼らを作り出したものに席を譲る。神々とはその起源において、人々の唇に込みあげる嘆きだったのだ。純粋な呼び声。

セイレーンもまた、かつては海への純粋な呼びかけだった。

64（一八七八年の碑銘）

一八七八年、古代ギリシアのある碑銘がローマで発掘された。
小舟も、カロンの岩山も、アイアコス〔ギリシア神話に登場する冥府の審判官のこと〕の番人も冥界《ハデス》にはいない。
地獄にあるのは、
骨と名、そして灰だけ。

65　無神論《デ・アテイスモ》について

神なくして生きることは、人間にとって究極の可能性のひとつである。事実、無神論のかどで断罪されるのは不敬虔者ではなく、集団における裏切り者なのだ。無神論の歴史が伝えるのは、際限のない絶えざる迫害の歴史である。無神論者テオドルス〔古代ギリシアの哲学者（前三四〇頃―前二五〇頃）〕はアレオパゴスの裁判によって追放された。楊朱〔春秋戦国時代中国の思想家（前三九五頃―前三三五頃）。老子の弟子といわれ、個人主義と快楽主義を唱えた〕は殺害された。王充〔中国、後漢の思想家（二七―一〇〇頃）。『論衡』を著し合理的批判精神を含む独自の思想を展開した〕は迫害された。ギリシア語の「無神論者《アテオス》」は、のちになってラテン語の「神なくして《シネ・デオ》」という表現に翻訳された。言語作用がもたらす幻覚や、言葉から少しずつ抽出される抽象概念を言葉を得た人類から排除することなど不可能なのだから、魂に生命を与える動因にとっての無神論はありえない、とわたしは思う。それと同時に、胎生動物を狂気に導くことなく、彼らから夜の夢を奪うことなど不可能である、ともわたしは考える。動物の身体が飢えと欲望という二大幻覚から逃れることなどできないのだ。

限定された解放など、自由とは呼べないだろう。

不信仰は努力と勇気の賜物でしかない。

ガブリエル・ル・ブラ〔フランスの社会学者（一八九一—一九七〇）〕の言葉。「無宗教の社会学は、人類という集団の歴史の中でもっとも感動的な一章をなしている」

それはもっとも英雄的な一章でもあるに違いない。

そしてもっとも短い一章でも。

*

神々をもたず、魂には信仰もなく、良心は恐れを知らず、道徳は慣習に依らず、神、守護神、悪魔、幻覚、愛、妄想に帰されるような思想を一切持たず、死を自死の思想に近いものととらえ、死後を虚無としてみなして生活する人のことを、わたしは無神論者と名付けよう。

一五五一年、パリのルーヴル宮の城塞の前にあった、サン＝ジェルマン＝オクセロワ教会で行われた説教で、フランソワ・ル・ピカール神父はこう断言した。「無神論者《アテイ》と呼ばれる者は神なき者《シネ・デオ》である。彼らは神の忘却《オブリヴィオン》の状態に生きている」

ジョフロワ・ヴァレ〔フランスの理神論者。処刑され火炙りとなった人物（一五五〇—一五七四）〕は一五五一年、オルレアンに生まれた。彼は『無信の技法について《デ・アルス・ニヒル・クレデンディ》』を著した。彼はそれを自費で印刷し、実名で出版した。両者、つまり作者ヴァレと著作の両方が、一五七四年二月九日に火炙りになった。

*

ラ・ボエシーの『自発的隷従論』と同じく、『無信の技法について《デ・アルス・ニヒル・クレデンディ》』は、作者の思春期が終わる頃に書かれた。それは、自分自身の探し求めるものが生殖能力に発するという事実をいまだ知らない分、反

――郷愁や憧憬《ゼーンズフト》、湧き上がってくる漠然とした思い、そして極めて不安定な躍動に満たされた書物である。

無信の技法について。デ・アルス・ニヒル・クレデンディ、つまり虚無を「信じる」技法について。より正確に翻訳するなら、「何ものも信じないという技法について」

ヴァレの発明とは、「虚無主義《ニヒリズム》は宝である」ということだ。

神は純粋な無《プルム・ニヒル》であること。

純然たる声《メラ・ウォクス》であること。

呼　気《フラトウス・ウオキス》のように、大気に漂う、純粋に音でしかないもの。

想像されたなにか《フィクトゥム・クイド》。

ヴァレ、ラ・ボエシー、ランボー――、彼らは意表を突く恐るべき天才たちだ。火刑台で死んだとき、ヴァレはまだ二十八歳だった。

ヴァレは最初の無信仰家《リベルタン》だ。

66（無神論者と文人）

無神論者であることと文人であることは同義である、と十六世紀末に主張したのはジェンティエ〔フランスの法学者（一五三五—一五八八）〕だった。

無神論者は文人である。

ジェンティエは一五七六年、さらに正確にこう記した。「無神論者たちは、図書室で本性を露わにする」

図書室におさめられた蔵書目録を挙げながら、ジェンティエはこう続けた。「デモクリトス、エピクロス、ルクレティウス、プリニウス、マルティアリス、ティビュルス、カトゥルス、プロペルティウス、オウィディウス、テュロスのポルピュリオス、アレクサンドリア、アヴェロエス、ポッジオ、ボッカチオ、アレティーノ、ペトラルカ、マキャベリ、ポンポナッツィ、カルダーノの本を自分の屋敷に所有する者は無神論の輩だ」

人類が知り得る精神的経験のなかでもっとも難しい局面を無神論として仮定するなら、その勝利は永遠にありえないがゆえに、無神論の価値（少なくとも、あらゆる価値を前にしたこの疑惑法）はいっそう高価なものとなるだろう。

*

疑惑法は書字《エクリチュール》とともに生まれた。
疑惑が入り込む隙間は、書かれた文字の中でことばの流れが断ち切られるときに生じる。
文字のなかでことばの流れが解体されることで、季節や年月、君主たち、神話、神々、年代記、英雄たち、経験に続くさまざまな種別が、本来の文脈から脱臼される。

*

スティーヴンソン〔イギリスの小説家（一八五〇―一八九四）。代表作に『ジキル博士とハイド氏』、『宝島』など〕は手紙に「無神論者」と署名した。

*

ジェンティエが始めた目録《リスト》を際限なく続けることもできるだろう。メリエ、サド、スタンダール、メリメ、ボードレール、トマス・ハーディー、マルクス、エンゲルス、ショーペンハウアー、ニーチェ、フロイト、マラルメ、ヴァレリー、バタイユ、ラカン。

*

無神論であるとはつまり、一、あらゆる宗教の異端者となること、二、すべての宗教の背教者であること。

それは、生きながらにして分裂派になることだ。

十六世紀、十七世紀、十八世紀、十九世紀、二十世紀、そして二十一世紀において、文人たちは互いが誰なのかをよく知っていた。身をかがめて彼らは囁いた。「三人の詐欺師《デ・トリプス・インポストリプス》たち！」彼らからすれば、モーゼやイエス、マホメットですら、社会的な分野全体で自己の権利を要求する専制的な主人たちにみえた。これら三人の預言者が主張した教義《ドグマ》は、人々の魂を禁止や恐怖でがんじがらめにしたうえに、人々を監視した。そして、預言者たちによって徴収された財力は、十字軍やその他あらゆる殉教の犠牲となった数百万、いや数千万もの身体を数世紀に渡って奪い取ってきた指導者たちを、贅で丸め込むために使われた。

*

大文字で書かれた五つの文字、FICTA。

無神論者ペイリトオスの言葉。

「フィクタとは寓話のこと。神々にはなんの支配力もない」

*

「ゼウスとは、死に場所を求めてクレタ島にやってきた老王のことだ」、と無神論者《アテオス》エウヘメロス〔古代ギリシアの神話学者（前四世紀頃—前三世紀頃）〕は記した。

*

活字ケースの底に記された「エクルリーンフ」という七つの小さな文字。「エクルリーンフ」というこの神秘的な七つのちょっとした文字は、ヴォルテール〔フランスの小説家で啓蒙思想家（一六九四―一七七八）〕による書簡の末尾に記されると、「卑劣な迷妄を撲滅せよ」、「迷信を遠ざけよ」、「信仰を打ち砕け」、「狂信を廃絶せよ」という意味になった。

彼は年老いた。

一七七七年一月九日、老いさらばえたヴォルテールは、二十七年間にわたる不在ののち、ベンジャミン・フランクリンに会うためパリに戻ってきた。ベンジャミン・フランクリンの初孫でテンプルという名の子どもの方を向くと、その子の頭に両手を置いた。そして「神と自由《ゴッド・アンド・リバティ》を」と言い、英語で子どもに祝福を与えた。

アメリカ合衆国の民主主義は、宣誓においても、社会体制においても、教育においても、祝祭においても、通貨においても神を持ち続けた。紙幣には今でも「われわれは神を信じる《イン・ゴッド・ウィー・トラスト》」の文字が書き込まれている。忠誠の誓いには、今でも「神のもとでの一つの国家《ワン・ネーション・アンダー・ゴッド》」という一文が含まれている。二十一世紀の初頭になってもなお、アメリカ市民は、茂み《ブッシュ》という名の人物を二度に渡って支持した有権者たちを、「聖書地帯《バイブル・ベルト》」と呼んだのだった。

67 （神は死んだ《ゴット・イスト・トート》）

ルキアノスによって書かれた、あの驚くべき神々の嘆きをまずは想起しよう。「神々であるわれわれは震えています。私たちはいつも震えているのです。雄牛として生贄に捧げられるのではないかと震えています。金で飾り立てられて、溶かされてしまわぬかと震えあがっているのです」

＊

「神は死んだ《ゴット・イスト・トート》」をめぐる最初の場面は、『ジーベンケース』の結びに登場する。『ジーベンケース』とは、一七九六年に出版されたジャン・パウル〔ドイツの小説家（一七五三―一八二五）。古典主義とロマン主義の間に特異な地位を占め、のちのリアリズム作家に影響を与えた〕の小説である。

墓地の中で、イエスは周りを取り巻く死体たちに問い詰められている。

「神はまだ生きているのか」

死体たちにどうやってあの知らせを告げるべきか、イエスは分からないでいる。

「キリストはやっぱり神ではなかったのかい？」

イエスは「やっぱりそうじゃなかった」、と答える。

だが、死者の影たちはこの回答に満足しない。そして彼をしつこく攻め立てる。イエスは最後に言う。

「地上のあらゆる場所を、海の中も、世界のいたるところを私は探しました。私たちは孤児です。あなたも私も、みな孤児です。父はいないのです」

「神は死んだ」の第二の場面は一八三三年、キネ〔フランスの歴史家で詩人（一八〇三―一八七五）〕の本に登場する。

「さまよえるユダヤ人《アハスフェルス》よ、良きさまよえるユダヤ人《アハスフェルス》よ、われらが探し求める名前を言っておくれ。そこで「それはキリストのことかね？」と私が答えると、彼らは薄笑いを浮かべてこう続けた。「キリストだって？　違うね。おれらにとってやつは老いぼれすぎだ。やつの言う新しい神の畝では、おれたちの空腹を満たすものは作れないよ」」

「神は死んだ《ゴット・イスト・トート》」の第三の場面は、ハインリヒ・ハイネ〔ドイツの詩人で批評家（一七九七―一八五六）〕によるものだ。それは一八三四年十一月十五日付けの『両世界評論』誌に登場する。「鐘の音の鳴るのが聞こえませんか。さあ、跪くのです。瀕死の神に秘蹟を授けましょう」ドイツでは、ハイネはカントを「神の殺戮者」と名付けた。そして次の言葉を付け加えた。「この新たな葬いが全世界に広がるには、おそらくまだ何世紀も必要でしょう」

「神は死んだ《ゴット・イスト・トート》」の第四の場面は、マックス・シュティルナー〔ドイツの哲学者（一八〇六―一八五六）。個人主義的無政府主義者でヘーゲル左派〕による。この場面は、ジョフロワ・ヴァレが一五七二年に着想したものにもっとも近い。一八四四年、マックス・シュティルナーは次のように記した。「われわれは神を殺したが、だからと言って、神以上に人間が存在しているわけではない。後に残るは「唯一の存在者」だけだが、それは「刹那」に身を置いて、みずからを蕩尽する有限な創造行為でしかない。だから私はこう主張する。「私は自分の大義を虚無の中に投げ入れた」と」

キネの『さまよえるユダヤ人《アハスフェルス》』は、ニーチェの『ツァラトゥストラ』より五十年も前に書かれた。一八八三年にニーチェが書いた文章を最後まできちんと読むべきだ。「神は死んだ《ゴット・イスト・トート》！　われわれが神を殺したのだ《ウント・ヴィア・ハーベン・イン・ゲテーテット》！　この行為の偉大さは、われわれにとって偉大すぎるものだろうか《イスト・ニヒト・ディ・グルーセ・ディーザー・タート・ツウ・グ》」

この第五の場面は決定的だ。ニーチェの思考に沿って、この生贄の場面を正確に組み合わすことのできる三つのシークエンスに分割する必要があろう。

神は死んだ。これはキリスト教世界の終わりを意味する。キリスト教世界とは、ふたつの様態に従って瀕死の人間に身をやつした神の姿に要約することができる。すなわち、人間となって拷問を受けた挙句、奴隷用の十字架に繋がれた神のことだ。

われわれが神を殺したのだ！　つまり、ローマ人だけがキリストを十字架にかけたのでもなければ、ユダヤ人だけが彼の死を要求したわけでもないということだ。ほかならぬキリスト教者たちが、彼の死を崇拝し、彼の死を描き、彼の死を彫刻し、キリスト教の歴史全体を通じて、彼の死を謳ったのだ。ルターによる厳格な解釈では、「イエスの犠牲とともに、神としての神が死んだ」とある。『精神現象学』の中でヘーゲルは「神自身が死んだという、ルターの厳しい言葉」に言及している。

この行為の偉大さは、われわれにとって偉大すぎるのだろうか。確かにそうといえる。夥しい数の人々が四世紀にも渡って虚無主義に怯えていたという事実を考慮するなら、この行為の偉大さは、われわれにとってあまりにも偉大すぎると信じざるをえないだろう。

たとえば、哲学者は誰しも、虚無主義に怯えている。

たとえば、巨大動物の殲滅に続く神々の殲滅、そして自然の殲滅と人間の人間的本質の殲滅は、一度として同じ次元で省察されたことはない。

68　四つの命題《テーゼ》

四つの命題《テーゼ》。

第一の命題《テーゼ》。信心家を取り戻すためには、無神論者を取り戻さねばならない（不信仰が勝利したときに初めて、無神論は不要になるから）。

第二の命題《テーゼ》。血みどろの宗教戦争をふたたび始めれば、非宗教的な立場からの異議申し立てが起こるはずだ。

第三の命題《テーゼ》。二十世紀末の非合理主義によって、新たな解毒治療がもたらされた（「宗教とは抑圧された被造物が吐くため息である。宗教は人民の阿片でもある」という、並置されて言明されたがゆえに、一層奇妙にみえるこのふたつの文章を一八四四年一月に書いたのは、マルクスだった）。

第四の命題《テーゼ》。性に対する厳格主義《ピューリタニズム》が回帰するなら、自由思想家《リベルタン》も戻ってくるべきだ（性的なものだけが唯一、回帰する。睡眠のおかげで目覚めがある。性的なものは、あらゆる身体にとって唯一の、生きいきとした源泉なのだ。そして、夢の果てに身体を目覚めさせるのは勃起である）。

第四回軍法会議に召喚されたとき、ルイーズ・ミシェル〔フランスの無政府主義革命家（一八三〇―一九〇五）。パリ・コミューンの革命で活躍した〕は決定的な仕方でこう説明した。「出獄者《リベレ》、自由主義者《リベルタン》、絶対自由主義者《リベルテール》、自由人《リーブル》――、みなさん、これらを区別しないでください。なぜなら、自由を求める以上、われわれは誰しも、無神論者なのですから」

＊

四つの定義。

戦争においてどちらの味方もしないことを中立と言うのだろう。しかし、無神論はひとつの戦争なのだ。

複数の宗教の中でどれかを選ばないことを寛容と言うのだろう。しかし、それぞれの宗教の信仰を不可解にも等しく見なすような単純な無信は結局、あらゆる宗教の有効性を一気に認めてしまう。

無神論においては、ほんのささいな希望も、平穏の可能性すら残すことなく、明晰さが軽信を放棄する（それは終わりなき、未完で、完遂しえない、不可能で無際限の解放なのだ）。

信心や真理以上に、迷いからの覚醒が求められるべきである。

＊

明晰さは幻覚よりも高尚なものとしてみなされてよいはずだ。だが、たとえそうであるにせよ、睡眠や喉の渇き、愛への執着や幸福への欲求と同じように、信じることへの欲望がまたもや生まれてくる。

あたかも子どもが母親を求めるようにして、喪失物は代用品《エアザッツ》を、飢えは夢を、脳はことばを、饒舌家は嘘を求める。

69

迷信《スペルスティオシ》家、信心家《レリギオシ》、喪に服す者

迷信《スペルスティオシ》家のローマ的定義はキケロに見出される。「迷信《スペルスティオシ》家とは、子どもたちが自分より長生きすることを願って、犠牲者を生贄として捧げる者のことである」そして、キケロは信心家《レリギオシ》を迷信《スペルスティオシ》家に対置させた。「信心家とは、神々の崇拝に関する事柄を収集する者のことである」キケロが迷信《スペルスティオシ》家と呼んだものを、フロイトは喪に服す者《オンドウィエ》と名づけた。死は愛する人の眼差しを連れ去り、遺された者をそのまなざしの不在へと陥れる。それまで彼に注がれていた眼差しが消え去るという事態は、眼差しを奪われた者にとっては夜の到来に等しい。死者の影が夜に同化して、自己を圧迫し、痩せこけさせ、蝕む。こうして、徐々に高まる不安と深まる暗闇に呑み込まれ、ますますやせ衰えていった人間は、そこにない眼差しの餌食となる。こうして、迷信家（生き残った者）を喪失物が呑み込み、一緒に影の国《ウンブラエ》へと連れ去る。生者たちの世界は、大地と月の間にあるもうひとつの地獄にすぎない、とサン＝エヴルモン〔フランスの思想家、批評家で劇作家（一六一四—一七〇三）〕は言った。

定理。神に遺棄された生者の孤独は、影たちの苦しみ以上のものではない。

無神論的思考がもつ無罪論的で無神論的な性格は、魂《プシユケ》を社会的機能から切断する。無神論者によって書かれた原因も結果もない小説の連続《シークエンス》は、彼らを集団から隔離する。都市や神性、言語、大衆、戦争が社会に根ざすその一方で、無神論は個人主義へと運命付けられる。無神論者はマージナルな存在なのだ。いつもひとり、いつも無防備で、いつでも犠牲者、常に火あぶりに処される存在。無神論者と文人に固有のこの社会的不安定は、パレスチナでイエスの宗教が誕生し、それが古代ローマ人たちの帝国へと拡大する数世紀も前からすでに、道教や仏教において証明されていた。それはローマ帝国へと広まったキリスト教が、帝国を陰鬱な空気で包み込み、徐々に帝国を獲食とし、完全に我が物として専有してしまうほどに、帝国を残らず食い尽くす前の話だ。

＊

もしも戦争から遠ざかりたいのなら、都市から遠ざかり、〈歴史〉から遠ざかり、神々からも遠ざかる必要があるだろう。

70　不死を願ってはならない《インモルタリア・ネ・スペレス》

不死の事象を一切求めないこと、
それは時間と日々、季節、年月からの忠告だ。
春は冬のあとの木々を回復させる。
われわれ人間はといえば、
ローマのかつての王たちのいる場所へと降り立ってからというもの、
この世にわれわれを迎えに来る者もいなければ、われわれ自身の力でふたたび芽吹くわけでもない。
トゥッルス〔王政ローマ第三代の王（前七一〇—前六四一）。ローマの建国伝説に登場する〕も、アンクス〔王政ローマ第四代の王（前六七五—前六一六）〕も、オルフェウスですら、
岸辺の砂にまみれたわれわれを待ってなどいない。

＊

死者の魂と、魂たちが赴く王国がどこかにあり、
草地や野原の下には生き物たちの薄暗い世界があり、
闇の奥にある、イグサの茂みの間からカロンの竿が現れ出るのを人々は目にし、
その白い船尾と
小舟が見え、
たった一艘のこの小舟だけで、数かぎりない死者を運ぶことができ、
この世の岸辺とあの世の岸辺のあいだを、船の船首が休みなく行き交うということを、
子どもですら信じようとはしない。

それはユウェナリス〔古代ローマの風刺詩人（六〇頃―一三〇頃）〕が『風刺詩集』で語ったこと。

71　（ヘンリエッタ・アン・ステュワートの死）

一六七〇年六月二十九日の午後の終わりは見事な晴天だった。すこぶる暑い日でもあった。サン＝クルーにいたヘンリエッタ・アン・ステュワート〔スコットランドの王族、オルレアン公フィリップ一世の妃（一六四四―一六七〇）〕は、冷えたチコリの飲料水を一杯所望するなり、死にそうになった。ボシュエに知らせが届けられた。ボシュエは当時、同じくサン＝クルーに控えていた。いや、控えていたというよりはむしろ、庭園の木陰の籐椅子に座って、読書をしていたのだ。臨終の際に正装に着替えさせるため、ラ・ファイエット夫人がヘンリエッタ・アン・ステュワートの衣装を脱がせる役目を負った。ゆっくりと着物を脱がせるあいだ、ラ・ファイエット夫人は女友達の身体に触れ、彼女を抱きしめ、その腕に接吻した。そのとき、ヘンリエッタ・アン・ステュワートからラ・ファイエット夫人に向けて、イヌイット固有の言葉が発せられた。

しかも、それは彼女が発した最後の言葉だったのだ。

「わたくしの鼻はもう暇を告げました」

ボシュエが語る立派な説教も、これに比べれば大したことはない。

「わたくしの鼻はもう暇を告げたようです」とヘンリエッタは言った。イヌイットたちは自分の鼻を触る。自分たちがまだ死んでいないことを確認するために鼻を引っ張る。まだ精霊や亡霊、守護霊になっていないことを証明するために、彼らは自分で鼻を引っ張ったり、他人に引っ張らせたりする。墓を暴いたときに露わになる死者の頭部のように、顔から鼻が落剥していないかを証明するのだ。

72　（神々の本性《デ・ナトウラ・デオルム》について）

一九九七年一月二十七日、血を吐きながら医療用ワゴンに乗せられて、肺の底から突き上げる強い脈動のために身体をのけぞらせ、唇の外に湧きこぼれ出た激しい出血の意のままになりながら、わたしは死にかけていた。死ぬのは心地よいものだということを、そのときわたしは知った。死ぬ行為には〈忘我《エクスタシー》〉が伴う。古代ギリシア人たちは別離の無感覚《アパテイア》について語った。聖アントワーヌ病院の地下道でジェローム・エケとすれ違ったが、わたしたちふたりがいつも同じ日の同じ時刻に、担架に寝そべったまますれ違っていたことを、そのときには知る由もなかった。ふたりの友人が同じ日に死ぬかもしれなかったのだ。植えられた場所がこの世でどれほど隔たっていようとも、同じ切り株から生まれた竹は、同じ日に花をつけ、同じ日に枯れるという話がある。

ジロンド県では、不満を残して死んだ死者は、血まみれの手跡を不満の数だけ壁に残すことで、自分が天国に行くために必要なミサの数を知らせるのだという。

彼らは要求する。

魂は（あの世での）平穏ではなく、（〈力〉の中に）とどまりたいと要求する。

サティー〔ヒンドゥー社会における慣習で、寡婦が夫の亡骸とともに焼身自殺を行う儀式〕の供儀の際、赤く塗った手で家の戸口に跡をつけてから、インド人寡婦は夫の亡骸の上にみずからの身を捧げる。それは（やがて炎の中で消滅する身体から流れ出た血液で彩色された痕跡）、みずからの供儀に際して彼女が残した対象《オブジェ》である。

イオカステはテーバイの宮殿入口で命を絶つ。だが、倒れる直前に、彼女はその血まみれの手でオイディプス王の家に触れる。それはオイディプスに差し向けられたサティーだ。その印を通して、何をおいても（つまり、彼が彼女の息子である以上に）彼が彼女の夫であったと、イオカステは主張する。それがイオカステのオイディプスに対する愛なのだ。だが、オイディプスは女性の中に潜む女に呼び止められるような男ではなかった。彼が愛したのは女性の中に潜む母だったのだ。

真っ赤な太陽の下《シュブ・ソーレ》は、真っ暗な子宮の中《イン・ウテロ》を求めている。

＊

最初の人間の口は血でべっとり濡れていた。「最初の人間は無神論者である」と古代ローマ人たちは言った。

血まみれの口を開いて、彼は他の人間たちに向かって言った。「こいつが神なのか、試してみよう《エクスペリアル・デウス・ヒク》」よし、俺が神を試してやろう（俺がその神を食べてやる、するとその神は人間と同じく血まみれになるだろう）。こう言い放った後で彼は口を開いたのだが、事実、その男の口は血だらけだった。そこで、神の秘密を暴いた人類を破滅させようと神々は願った。そして人間に人間を食べ物として与えた人間は狼となった。だから、古代ローマ人たちにとっての最初の人間は狼《リカオン》と呼ばれたのである。

暴力の表情《ウィオレンティアエ・ウルトウス》。不遜のイメージ、つまり荒々しさの化身《イマーゴ・フェリタティス》。

＊

母親から死ぬほど打擲され、四肢を切り落とされたペンテウス〔ギリシア神話に登場するテーバイの王。ディオニュソス信仰がテーバイに広がるのを妨げようとしたため、ディオニュソスの怒りを買い、神罰によって八つ裂きにされて死んだ〕は、我が子を喰らう母親だけに唯一許されたやり方で、生のまま、貪り食われた。

母親は最後に息子の頭を引きちぎった。髪をつかんでその頭を持ち上げた。そして、血の滴り落ちる息子の頭部に向かって、こう尋ねた。

「さあ、お前の父親の名を言うのです」

というのもその時代、母たちは雌狼のように男を喰らい、彼らの命の灯が途切れる瞬間まで、男たちを罵り続けていたのだ。

73　苦しみの砦

キリスト教徒たちはかつて、遺体安置所のことを苦しみの砦《カストルム・ドロリス》と呼んでいたが、それは防御壁の奥に閉じ込められた城の形を模して安置所が作られたからだった。

一六八六年三月十日、パリのノートル＝ダム大聖堂で、大コンデ公の葬儀が執り行われた。

そのとき行われた儀式は、「死者というものが存在して以来、もっとも華々しいご葬儀」だったとセヴィニエ夫人が書き記している。ジャン・ベラン〔フランスの画家、版画家、素描家（一六四〇―一七一一）〕はその光景を素描に残した。素描画は印刷され、版画として売り出された。ベラン自身が版画にタイトルを付け、赤インクで「苦しみの砦」と記した。百人の貧者による隊列で葬列は幕を開けた。灰色のラシャの礼服と靴一足、そして白エキュ硬貨一枚が一人ひとりに配られた。飢えのあまりふらつきつつも、スープと樽酒の約束につられて、白い蝋燭を手に彼らは行進した。

「司教座の鎮座する街の大聖堂の中へと彼らが入ってきたとき、見物人たちは感動した。百人もの貧者たちが、苦しさのあまりふらついているようにみえたからだ。実のところ、貧者たちはただ腹が空っぽなだけで、約束されたスープのことしか考えていなかったのだが。王族の一団は涙を流した。

*

「苦しみの砦」とはメランコリーのことだ。

喪のあいだ、愛する人はもう死んでしまっているのに、それでもなおその人の顔や完璧な写し見を見たり、そんなことありえないはずなのに、町を歩くその人の姿を見たり、夢の中でその人の亡霊に出会ったりする。

メランコリーに陥ると、何も見えなくなってしまう。すべてが未知のものと化し、痛みひとつ、悲しみひとつ取ってみても、その原因は未知のままにとどまる。時間も未知のものだ。回想も未知のもの。世界も未知のものになる。初めて光に出会ったときのあの最初の瞬間の、救いようのない苦しみを人はふたたび見出す。完全な新しさ。〈喪失〉、現実、名、喪。無《ニヒル》すら欠けている。

74　死後《ポスト・モルテム》の略奪

西洋では一九八〇年代終盤に突然、死後《ポスト・モルテム》の略奪が始まった。

ブルーノ・ベッテルハイム〔アメリカの心理学者（一九〇三―一九九〇）〕は、身体損傷と自閉症についてのもっとも素晴らしい二冊の著作を残した。だが、彼の自殺の知らせが広がるやいなや、憎悪に満ちた供犠が始まった。ほとんど生々しい嫌悪とともに、わたしはそれを思い出す。他人を治療する役目を負った医師である精神分析家が、レジ袋に頭を突っ込んで、玄関の前にひざまずき、頭から玄関マットの上に倒れ込んだという事実について、アメリカであれヨーロッパであれ、大衆の道徳観はそれを断固拒否したが、それは彼らの楽観主義がくじかれたからだった。フランスでは、大衆の憎悪はすぐさま反ユダヤ的性格を帯びた。あいつなど、ウィーンで薪売商になるか、貨物列車に送られてお陀仏になるような人間だったのだ、と。アメリカではこんな記事も出た。死の収容所からの醜い帰還者が、なぜわざわざ自殺するために私たちの国にやってきたのでしょう。それが受け入れ国への感謝のしるしといえるのでしょうか、と。

それは一九九〇年の春のことだ。

死者たちの休息は過去のものとなっていた。

そのときわたしは初めて知ったのだ。平等主義的な競争に取り憑かれた社会で生まれた、他人を中傷する行為への熱情が、死んだ人をも傷つけるということを。

死者への赦しによってそれまで自動的に与えられていた死者への礼節は、完全に吹き飛んだ。

マルグリット・デュラス〔フランスの小説家で映画監督（一九一四―一九九六）〕の死の翌日、わたしはふたたびあの恐るべき熱狂を経験した。あの小柄な身体が消え去ってしまったことがとても悲しかった。パリ七区の聖トマス・アクイナス教会の裏手にあった出版社には、小さなオフィスがあったのだが、そのオフィスの扉を開けて入ってくる彼女の姿を見るのが当時のわたしの楽しみだった。わたしは新聞を読んだ。テレビを観た。週刊誌を開いた。この世が恐ろしくなった。人々はとうの昔に、住居の不可侵権も、表現の自由も、私生活も、性差も、父の権威も、電話での会話の秘密もすべて放棄していた。ついには死者の沈黙に続く死体への敬意もなくなった。それは、死者たちにまで拡張された内戦である。全面戦争がわれわれ一人ひとりに対して布告され、いかなる権利もその邪魔をすることはできない。それはいわば、生中継で亡骸をリンチする行為に等しかった。

*

不意に不安に駆られたアンリ四世王に向かって、コトン神父は言った。「イエス様はシリア語で最後の審判を下されるでしょう」

*

四旬節の説教をルーヴル宮で行ったとき、ピエール・コトン神父は地獄についての決定的な説明を与えた。地獄とは死体置き場であり、そこでは最初の殺人と兄弟殺しに始まり、反キリストからその従者に至るまで、あらゆる人間の肉片を天使たちがゴミ箱に投げ入れているのだ、と。また、地獄とは激しい刑罰の集合地帯であって、それに比べれば、かつて存在したか、現在または将来に存在するかもしれないあらゆる刑罰――蠍や拷問台、車輪、嘲笑、火あぶり、ファラリスの雄牛〔古代ギリシアで設計された処刑のための器具〕、炎の兜、碾き臼、皮剥ぎ、脱臼、引き裂き、串刺し、突き刺し、痙攣、悲嘆、神経の収縮――など、草葉の上の朝露にすぎない、と。

75
猫

すべての身体にとっての水源のさらに上流に存在していた夜にほんの少しだけ触れる、一滴のインク。読むこと、書くこと、生きること――そこは冒険や悲しみ、偶然、挿話、断片、傷の残り屑が投げ込まれる磁場である。そこはわたし自身の読書を記録した、黒と赤の小さなファイルが所狭しと並ぶ書棚。このファイルは四十年のあいだ、セーヌ河とヨンヌ川流域を往来したわたし自身と行動をともにした。わたしにはもう、自分がファイルを使って書物をしているのか、あるいはファイルのために書いているのか、見分けがつかなくなっていた。ある日、「なぜあなたはイディッシュ語で本を書くことにこだわり続けるのですか。あなたの読者はみな死の収容所で絶滅したというのに」と問われたアイザック・バシェヴィス・シンガー〔ポーランド生まれのイディッシュ作家（一九〇四―一九九一）。一九七八年にノーベル文学賞を受賞した〕は、「亡霊のためです」と答えた。

われわれを支配する人々のまなざしに服従する目的で書くよりも、愛した人たちの目になるために書く方が、ずっとよく書ける。

失われた瞳のために人は書く。人は死者を愛することができる。わたしは死者を愛していた。死者の死は好きではないけれども。彼らが死に対して抱いていた怖れをわたしは愛していたのだ。

死とは、文字と音楽の音符が書き込まれた最後の線《ウルチマ・リネア》である。

白い行間に隔てられ、一つひとつ切り離された書き言葉の単語によって紡ぎだされる語りは、人々を亡霊の世界へと駆り立てる。

不幸が小さくなるようにと、われわれの心の中で、不幸は死者の目を呼び求める。

動物と人間のあいだの理解は、まなざしのやりとりだけで十分だ。

この確かなまなざしが、真の書物となる。

*

手のひらの真ん中にちょっとしたかゆみを感じることがある。それが亡霊だ。懐かしい愛撫。もうわたしの手はもう、柔らかくて温かい動物を撫でたいという欲望に支配されている。とても低い音であえぎ、それが喉を鳴らす音となって膨らんだかと思うと、今度は一定の音になり、まるでオルガンの低音管のように途切れることなくうなり続けるその間に、わたしの指の下でやにわに背中を丸めるあの動物を。

幸せでないと感じたとき、死にたいと思ったときに靴の中や箪笥の奥に好んで引きこもる。乳児用の補助ベッドの下や、折りたたまれたデッキチェアの上、金槌と釘と鋲、そして絵を架けるためのフックと、ランプのソケットにネジ止めされた電球の入った木の道具箱のそばに、わたしの猫はそっと身を滑り込ませていた。

76 （アルミダ）

芝生は手入れされていなかった。西側二十メートルほどにわたって芝生の上を苔が覆っていた。ガレージの壁まで土が剥き出しになっていた。南側にはクローバーが生えていた。木々と茂み、雛菊や苔、泥の間で、芝は居心地悪そうにしていた。羊歯《しだ》も生えていた。

鴨の糞がたくさん落ちていたので用心深く避けなければならなかったが、ゴム製の長靴に慎重に足を滑り込ませさえすればなんとかなりそうだった。男は倦んでいた。顔色も少し悪かった。シャベルを長く握っていることすらできなかった。やっとのことでシャベルを土の中に突っ込んで土を返すことができたものの、再びシャベルを持ち上げようとすると、口の中が鮮血であふれ始めるのだった。彼の唇は、アルデンヌの森の中の長石か水底に沈んだ古い宝石と同じくらい、突然、朱色に染まった。もはや人間ではなかった。ひとりの道化師だった。彼はハンカチを取り出した。真っ赤な唇と鼻を拭いた。河岸で一休みしようと考え、黒い小舟を見下ろすひんやりとした石垣の上に腰を下ろした。途絶えることなく流れ続ける水面を彼は見つめた。寒さがズボンの生地にまで染み込み、少しずつ臀部まで浸透していった。そこで彼は家に戻った。火をおこした。そして読書をした。ある日、読書の途中で、少し咳き込んだあと、彼は死んだ。死者の国に着くなり、よく知っているアリオスト〔イタリアの詩人で劇作家（一四七四―一五三三）〕に偶然出くわしたため、彼との再会を喜んだ。そこで彼の腕を取ってこう訊ねた。

「それで、タッソは？」

そこでアリオストは彼をタッソ〔イタリアの叙事詩人（一五四四―一五九五）〕のもとまで連れて行った。彼はタッソの腕を取り、握手した。そして言った。

「アルミダ〔タッソの叙事詩『エルサレム解放』に登場する魔女〕にお会いしたい」

タッソはまずジャン＝バティスト・リュリ〔フランスの作曲家（一六三二―一六八七）。アルミダを主人公とするオペラを作曲した〕のもとへ連れて行き、リュリがアルミダへと彼を導いた。だが、彼の姿を見た瞬間、アルミダは顔をそむけた。そして、不意に彼の方を向きなおすと、ついて来るようにと彼に合図した。彼は後を追った。彼女は急ぎ足だった。突然、アルミダはひとつの死体につまずいた。彼女はすぐさまその死体を切断した。そしてリナルド〔タッソの叙事詩でムスリムの魔女アルミダが恋に落ちる十字軍の騎士〕の甲冑を死骸に着せた。こうして彼女は愛人の死を信じ込ませたのだ。それが済むと今度はオロント河の岸辺へと降りていった。そこには、水が寄せ返すたび砂浜に静かに触れている、赤い小さな一艘の小舟があった。

彼女は言った。

「切り刻んだあの死人を私が忘れねばならぬ理由が、これであなたにもお分かりでしょう」

いずれ劣らぬほどに美しく鮮やかな十本ほどの花が草むらに混じって咲き誇っていた。彼女は草地を横切った。水辺に近づいた。彼女は跪いた。体を傾けた。そして水面に映った自分の現し身を眺めた。彼女は夢見ていた。そして自分に向かって虚しく繰り返した。

「私が夢中になったあの死者を忘れなければならないのです。この瞬間に流れ去る水面に映った顔はひとりの女性のもの。でも、その女を求めた瞬間の、生きた男のあの肉体ほどに美しいものなどほかにあるでしょうか」

事実、女神たちは冒険よりも国を、愛よりも冒険を、男よりも愛を愛するのだ。

77 サン＝トゥアンの門

サン＝トゥアン門の蚤の市で、彼は段ボール箱から一枚の写真を見つけだした。それを手に取り、唖然とした様子で眺めた。アンスニの一軒家の三階の寝室のとなり、モダン・スタイルのタイルに覆われ、二枚のガラス板で仕切られた化粧室の中にある、灰色の鏡が置かれた黒漆製の整理ダンスの前で、ひとりの若い女性が鏡を見つめていた。それは、モーリス・ロリナ〔フランスの詩人（一八四六―一九〇三）〕の腕に寄りかかるわたしの高祖伯母だった。写真の裏に書かれた但し書きも、所有者の名も、すべて正しかった。サンスにあるヨンヌ川添いの家に、わたしは高祖伯母の婚姻証書のコピーを保管していた。灰色の五ユーロ札を一枚、わたしは骨董屋に手渡した。

マントルピースの上に置かれた古鏡の石膏のコーニスの縁に、わたしはその写真を滑り込ませた。

曇った鏡。

夜になると、窓ガラスは曇った鏡になる。

夜が満ちるときには、われわれの影だってわずかなものだ。

わたしは引き出し全体を抜き出した。そのためにここに来たのだから。わたしは腰を下ろして、引き出しを膝に乗せた。引き出しの中の手紙を読んだ。すべてが盗まれる。すべてが売りさばかれる。自分の人生が隠された場所を誰も知らない。

モーツァルトは、彼の人生を一羽の小さなカナリア、姉のマリアンヌがザルツブルグで世話をし、最後まで餌を与えていたあのカナリアに託した。

プーシキン〔ロシアの詩人で作家（一七九九―一八三七）〕は一羽の鸚鵡に人生を託した。

ビダラジ〔『千夜一夜物語』の登場人物のひとりか〕は一匹の金魚に。

われわれはといえば、ひっそりと建つ一軒の家や、錆びた鉄の鎖に吊るされた一枚の鏡に人生を託す。その鏡はゴダン製のストーブの上に斜めに置かれていた。そして、鏡像たちは鏡から去った。魂は唇から去った。

78　老齢の嵐

一八三八年、エミリーは手帳に英語でこう記した。「ブロンテはギリシア語で嵐の意味だ」

八八八年、日本では伊勢の守の娘〔日本の歌人（八七二頃―九三八頃）。情熱的な恋歌で知られる。歌集に『伊勢集』がある〕が温子皇太后付きの女官となった。

＊

伊勢の守の娘は少しずつ皇太后の親友になっていった。そして十七歳になったとき、藤原仲平公に恋した。この恋が両想いであることは誰の目から見ても明らかだったので、すぐに宮中に知れわたった。

互いの顔が輝いていることに、ふたりは気づいた。

冬のある日、火鉢の前に立って両手で顔を覆い隠しながら、彼女は彼に言った。

「あなたをお慕いしています」

春の最初の日には、公にこうも言った。

「わたくしの中にいるあなたの性器を早瀬のように感じます」

夏の日には、こう言った。

「わたくしたちの周りで枝を伸ばす葉叢よりもずっと、わたくしの心の底は暗い気分がいたします」

仲平公はといえば、伊勢の守よりも有力な一族と婚姻によって結ばれることに同意した。そのため、彼は伊勢の守の娘に会いに行った。そして彼女との関係を断った。

別の女性の夫となり、六カ月経った後でも、伊勢の守の娘への愛情はまだ彼の心に宿っていた。彼は彼女に会いたいと願った。そこで彼女に文を書いた。あなたへの欲望を記すことなど到底許されないでしょうから、せめてあなたへの情愛を示すことはできないでしょうか、と綴った。

彼からの文に彼女は答えなかった。

彼は親類のひとりを遣った。

使いの者を迎え入れないわけにはいかなかったとはいえ、若い女性の心は憂愁でいっぱいだった。彼女はこう答えた。

「公のお求めをお受けすることはできません。だからといって、わたくしの愛が薄らいだわけではありません。わたくしの意思でそうしたくないのです。十分に苦しみぬいた末に、わたくしの愛が失望したからでもございません。秋の日の霧に木々が覆い尽くされるように、待ち暮らしているうち、わたくし自身も時の流れの中で溺れてしまったのでございます。この言葉を仲平公にお伝えすることはできまして？」

「できません」

そこで彼女は、自分の思いを使いに口述させることを承諾した。

「わたくしは溺れてしまいました」

「それでは公に通じません。あなたさまが本当に溺れてしまったとお思いになるでしょう」

「なるほど、ご自分で主張なさるほどに男たちは賢くはいらっしゃらないのですね」

「そうかもしれません」

「それではただこうお伝えください。あたかも部屋から抜け出すようにして、悲しみの状態から抜け出すことなど、わたくしには無理なことです」

「それでは公に通じません。あなたのお言葉を単なる比喩だとお思いになるでしょう」

「それじゃあ、こうお書きになって。まるで在りし日のままのように、今、あなたさまにお会いすることは叶いません」

こうして伝言は書き取られたとはいえ、自分が書き取った内容が理解できなかったため、使者の伝言は拙い代物でしかなかった。

彼女は使者から筆と手紙を奪い取り、手紙を破り捨てた。そして使いにこう告げた。

「やはり文を書くのはやめておきましょう。あなたの主人には正確にこう伝えてください。あなたさまはわたくしをお捨てになりましたから、わたくしはもう会えません。わたくしはもう、あなたさまがある日恋に落ちたあの小娘ではないのです。そして、あなたさまが夏の日の孤独に打ち棄てておしまいになったあの若い娘でもありません。わたくしはもう、中身のない靄の容《かたち》でしかないのです。この靄の中でわたくしは少しずつ消えていったのです。さあ、繰り返してください」

使者はこの伝言を暗唱できるまで繰り返してから、立ち去った。

＊

伊勢の守の娘とは別の女性を妻に選んだことで招いてしまった苦しみに、仲平公はまずたじろいだ。だが、時間が経つにつれ、またもやかつての愛人に熱心に言い寄った。楽人をたくさん乗せた車を送り込んだ。一団の先頭にいたのは公の昔の乳母だった。伊勢の守の娘は、乳母の姿を見て心打たれた。そしてまるで実母に対するように乳母を抱きしめたものの、それ以上、彼女に耳を貸そうとはしなかった。楽人たちが楽器の調律をすませ、歌が流れ始めても、彼女は聞こうとしなかった。

「奥方様を大切に思い、婚姻の契りを交わしたときの誓いを守るようにと、どうか公にお伝えくださ い」

こう言って彼女は立ち去った。翌日、乳母が戻ってきた。涙を浮かべていた。彼女は引かなかった。公の狼狽ぶりを描いてみせた。そして公の未練がいかに真摯であるかを強調した。自責の念がいかに彼の心を攪乱しているか、そして彼女への愛がいかに燃え続けているかについて彼女に示して見せた。

「奥方さま、あなたはわたくしにとって母君のようなお方です。ですから母のようにあなたさまを敬っております」

「君にとってもわたくしは母のような存在。ですからこんなにもしつこくお願いしていることをどうかお気にお止めくださいませ。君の心をある程度変えることがわたくしにはできるのです」

「ですが、ご存知のように、わたくしは母を知らずに育ちました。わたくしは、生まれ出るときに母親を殺した女なのです」

「公はすべてご存知です。わたくしは十回もその話を公から聞きましたもの。あなたさまを説得するために、なぜ公はわたくしを遣わされたとお思いですか？」

「それならば、わたくしの言葉を書き取ってください、とあなたさまにお願いしても？　ご承諾いただけますか？」

親王たちのかつての乳母は腰を下ろし、筆を取った。伊勢守の娘は次の手紙を書き取らせた。

「君、あなたさまの周りの誰ひとりに対して、けっして別離を告げないでください。別離の言葉はそれを受け取った耳に恐ろしい力を及ぼします。あなたさまがお使いになった言葉など、ご自身にとってはまったく価値をもたないということを、わたくしはよく存じ上げています。ですが、みながあなたさまと同じわけではないのです。かつてのあなたの言葉を反芻しながら、わたくしは年若くして、死者の山へと続く道で迷ってしまいました。霧、綿、雲、もや——、これがわたくしの親しむ世界です。あなたさまが愛する女にかつてなさった約束なぞ、いまやそれ以上に中身のないものであることに、どうかお気づきになってくださいませ」

だが、仲平公は彼女を欲し続けていた。彼女の方でも、たえず夢想の中に彼の似姿が現れた。とうとうふたりは再会した。彼女は正直に彼をもう一度愛そうと試みた。ふたりはふたたび、数度にわたって夜のあいだ逢瀬を繰り返した。しかし、どんなに努めても、身体に香を焚き染め、祈りごとをし、たくさん夢想し、いつもより念入りに身支度をし、熱い酒を一杯か二杯飲んでみても、どうしても昔のように彼に身を任せることはできなかった。それほどまでに彼女の心は傷ついていたのである。

公の方でもまた、彼女の同意や喜びを得る方法をどうやって見つければよいか分からなくなっていた。彼女を裸にし、抱擁することで彼女の心に戻ってくる苦しみを彼は恐れていた。彼女のうちに湧き上がるものが喜びでないことは、彼も承知していた。彼女が漏らすため息には繰り言に似た何かが宿っていた。

やがて、夜の間のまどろみのなかで、彼女の中に入っていく男性的な力すら彼にはなくなった。操を裏切ったことでかつて彼女にもたらした苦しみの重さに圧倒された彼には、もはやなす術がなかった。

夜明けぎわ、彼は彼女に言った。

「たとえそばにあなたがいても、私はもうかつてのまなざしをあなたに向けることができません」

「わたくしを見てあなたが向けることができないのは、まなざしだけではございません。わたくしの腕の中で、あなたの欲望が衰えてゆくのも知っています」

「私はそれを言いたかったのだよ」

「それならそうとはっきりおっしゃればよいでしょう。私はもう勃起しない、と言えばいいのです。真実から逃げ続けるのはおやめください。わたくしを欺き続けるのはおやめになって」

「たしかに、昔のようにそなたを欲していないと、私は認めねばなるまい。なぜかを説明はできぬが」

「まさにちょうどよい折り合いでございます。というのも、新たにお子を作るために、あなたさまの身体の重みが自分にのしかかるのを待ち続ける奥方があなたにはいらっしゃるのですから。わたくしはそれを夢で見ました」

「その夢に予言の価値はあるまい。事実、そなたの悲しみ以上に、妻の肉体が私を惹きつけるわけではないのだから」

「わたくしが悲しみの岸辺にしがみついているとおっしゃるのでしたら、終わりなき憂鬱こそがあなたさまを待つ岸辺だと言えましょう。ですが、そこで得るものはなにもございません。悲しみと憂鬱は、渡ることのできない一本の川に沿って向かいあうふたつの岸辺なのですから」

「亡き人の魂に冥府の川を渡らせることができるのは、初恋だけだと聞いたことがある。あなたは私の初恋の女《ひと》だ」

「おそらくそれは本当なのでしょう。ですが、わたくしにとってあなたはただひとりの男《ひと》なのです」

「だから？」

「だから、男たちを勃起させ享楽させる恋情が、死者の川を渡らせてくれる最初の恋情なのか唯一の恋情なのかを、神々はいちいち言わないということです」

「つれなさ、冷淡さ、そして暗闇が地獄から立ち昇ってきた」、と公は呟いた。

「あなたはかつてわたくしに、待つかそれとも嫌いになるかのどちらかを選ぶように仕向けました。そして、あなたはわたくしを、朦朧とした霧の中へと突き落としたのです」

「あなたにはつれなさ、私には冷淡さというわけか」

「あなたには待つこと、そしてわたくしには嫌悪ですわ」

これが、伊勢の守の娘が仲平公に返した答えだった。その後、ふたりは九年間会わなかった。

*

恋物語が始まってから十回目の春の最後の日、ふたりは再会した。だが、快楽が消え去っていたように、再会の喜びもなくなっていた。彼女が彼に話しかけることはなかった。

ふたりはただ、互いに涙をこぼしながらあいさつを交わしただけだった。

その後、彼は文を送ったものの、彼女からの返事はなかった。文を読んだことを知らせるために、彼女は送られてきた手紙にただ「拝見しました」とだけ記した。「拝見しました」と書いたあとで、彼女は文を彼に送り返した。だが、打ち明けられた想いに対する彼女自身の考えを述べるような真似はけっしてしなかった。

この想われ人は、愛ではなく、恋人によって裏切られたと言い続けていたのだ。

彼は彼女にこう書き送っていた。「なにもいわずにあなたにお会いすることを、せめてお許しくださらないでしょうか。あなたの胸に私の頰を乗せることを。あなたの香りを感じることを。あなたに喜びを与えることがもうできなくても、あなたのあのやわらかな肌の上で涙を流したいのです」

しかし、彼女の方では、裸についても、香りについても、抱擁についても、一切聞く耳を持たなかった。

＊

時は流れて、新年の祝いの際に、彼はふたたび近親者のひとりを使いに送り、紙に包んだ塩袋を持たせた。その紙の上に彼は次の歌を書いた〔おそらくは『伊勢集』の次の句「世をうみの沫と浮きたる身にしあればうらむることぞ数なかりける」仲平のこの句に対する伊勢の返しは次のとおり。「わたつみと頼めしことのあせぬれば我ぞわが身のうらはうらむる」〕。

うみの沫
波の波動に
君想い
わが身ひとり溺れぬるかな

こんなにも大仰な言葉を前にして、彼女は笑いを禁じえなかった。

そこで使者にこう言った。

「岸辺では打ち砕かれた貝殻が砂浜になりました、とあの方にお伝えください」

九〇四年の春、公は妻を実家に返すという誓いを立てた。それを実行した。妻を離縁した。そして南部の島に浮かぶ宮殿を伊勢の守の娘に贈った。ところが、この知らせを運んできたふたりの貴族に対して、彼女は言った。

「贈り物はなさらないで。どうせそれを後で取り返すのでしょうから。誓いの言葉も不要です。どうせ後でそれを破るのでしょうから」

＊

ふたりの関係は疎遠になった。影が夜に広がるように年波が身体を支配した。それでも毎年、秋が巡るたびに彼女に手紙を一通、書き送り続けた。

ふたりが会うことはもうなくなっていた。

温子皇后付きの女官の手による和歌の断片や日記、手紙の下書きさえ、すべて保管された。

たとえばこの和歌〔おそらくは次の句。「難波なるながらの橋もつくるなり今はわが身をなににたとへむ」（難波にある長柄の橋も新造されると聞く。今となっては古びた我が身をなにに喩えようか。）また、もうひとつの句は同じ『伊勢集』の「人わたすことをだになきを何しかも長柄の橋の身となりにけむ」あるいは「ふるる身は涙の川に見ゆればや長柄の橋にあらまたるらむ」を想起させる。どちらも自分を壊れた橋に例えた哀歌である〕

難波なる
長柄の橋は
沖からの波で
毎年崩れる

さらには、妻を離縁した翌日に、うら若い妾たちを仲平公が囲ったことを知ったときに伊勢の守の娘が詠んだこの歌。

長柄《ながら》の橋を
渡る人なし
古橋の下に
沈む船なし

突然、人目を逃れてうらさびれた場所へと移り、その住処を公にも知らせなかった。しかし、彼の方は、彼女を見張らせていた。とうとう彼女の隠れ家を見つけたものの、彼女に会いに行く勇気が彼にはなかった。ある陰謀の末、彼が宮廷から退いたことを彼女は知った。彼の友人たちはみな、この世を去った。彼はふたたび彼女の元へ車を送った。ところが、彼女は車を送り返し、使者に書き取らせた次の言葉を届けた。「いいえ、結構です、公。わたくしはあなたをこの腕に抱くことはできません。なぜなら、わたくしはもう嵐でしかないからです。老齢の嵐でしか――」

79 私を愛していると、どうしてあなたに言えましょう《クオモド・ディキス・アマス・メ》

私を愛しているとどうしてあなたに言えましょう《クオモド・ディキス・アマス・メ》? これは魔力の秘密を握ったとき、いよいよ彼を死へと追いやる段になって、デリラがサムソン〔『旧約聖書』士師記に登場する女性。サムソンはその愛人で剛力の英雄〕に放った言葉だ。

愛の終わりに近づいた恋人たちは、生者の中から使者を選ぶか、死者の中から密使を選ぶかする。

生者の中の使者とは子どものことだ。女なら誰しも、子どもを使って男の影かその影の中に秘められた男の力を存続させようとする。そのとき、男の力が占めるはずだった活動的な領域すべてを子どもが奪う。ひとたび女の中に播種されると、受胎の手助けをした男は母親たちが支配する世界の扉の前で、あっさり見捨てられる。

死者の中の密使とは自死のことだ。自死を通じて、将来の死者は亡霊の姿で甦ることを強く望む。だが、後に残して来た世界を永久に汚すがゆえに、罪悪感、復讐、そして終わりなき苦悩が生じる。

子どもであれ、死者であれ、どちらも影でしかない。

＊

ディビュタデスという名の陶工の娘がコリントに住んでいたが、娘は見目麗しいひとりの男を愛していた。男は戦争に出征することになった。ふたりで過ごした最後の夜、娘は男を抱擁しなかった。接吻すらしなかった。娘は灯油ランプを左手に掲げた。そして右手には、火鉢から取り出した冷たい燠を握った。娘は男に近づいた。欲望をあらわにした男のからだには触れなかった。炭の断片を手に、背後の壁の表面に写し出された男の影の輪郭をなぞることを彼女は選んだ。

＊

「哀惜の舞踏《ダンス》」と呼ばれる奇妙な慣習がかつてフランスに存在した。権利を剥奪されたフィアンセが婚礼の日に公衆の面前で踊る、花嫁との舞踏《ダンス》のことである。

ホールの床の上にあらかじめ絨毯を敷き、足音を完全に消すためにさらにその上に毛布を敷いておく。婚礼の衣装に身を包んだ新郎と招待客の前で、権利を剥奪された婚約者が一切音を立てずに花嫁と踊った後、花嫁は元婚約者と会う権利を奪われる。

夢想の中で「舞踏《ダンス》」が象徴していた性交を、「沈黙」が帳消しにするのである。

＊

ある日の午後、家に戻ってきたカフカが、客間のソファーでうたた寝をしていた父親を思わず目覚めさせたときの様子を、マックス・ブロートがこう語っている。つま先立ちで部屋を横切りながら、腕を上げて父親に合図し、フランツ・カフカはこうつぶやいたという。

「起きないでくださいね、パパ、どうかぼくのことを夢だと思ってください」

80 （オックスフォード）

オックスフォードという名は、逐語的には牛たちの浅瀬という意味だ。

ホテルの受付では偽名を使わねばならなかった。わたしの人生のもっとも厄介な点は、宿屋の主人に告げるべき偽名を忘れないでいることだったのだ。わたしはひとりごちた。「わたしは謎の渡守を連れた浅瀬の戦いで、彼女は偽の死人です」

「でも、彼女は生きているじゃありませんか」

「そうなのです」

「ではなぜ彼女がもうこの世にいないとおっしゃったのですか」

「彼女を死人にしたことを恥じています」

「じゃあ、この私についても、死んでいるとあんたは言うのかね？」

「ええその通り。でも嘘ではありませんよ。あなたは死んでいるのです」

81（チェチリア・ミュラー）

飛行機はナポリに着陸した。急に目が覚めた。わたしはチェチリア・ミュラーの夢を見ていた。バルセロナに着くものとわたしは思い込んでいた。飛行機から降りた。そして階段を登った。チェチリアが玄関を開けてくれた。

彼女は十八歳だった。

「なんて年を取ったの！」と驚きながらも、彼女はわたしを出迎えてくれた。

彼女はわたしを抱きしめた。彼女は結婚していなかった。とても美しかった。わたしたちは食事をした。たくさん食べた。周りには大勢の人がいた。飛行機の中で眠り込んだとき、君の夢を見たよ、とわたしは彼女に語った。

「当然ね、だって私に会いに来たのだもの」、と彼女は指摘した。

誰かが玄関の呼び鈴を鳴らしている。とても長くてかん高い呼び鈴の音だ。

「変ね」、とシリー。「他に誰も来るはずじゃないのに。ちょっと玄関まで見てくるけど心配しないで。

さあ、座って」

彼女は取り乱した様子で、走って戻って来る。

「あなたのお母さんよ！」

わたしは玄関まで行く。母《ママン》が踊り場でわたしを待っている。どうやらご機嫌斜めらしい。レインコートを着て、小さな毛皮のトック帽を被っている。彼女はわたしにこう注意する。

「いっしょに外出しようと、もう長いことあなたを待ってるのよ」

わたしは急いで外套に腕を通す。今、襟巻きを結んでいるところだ。ところが、母《ママン》は大急ぎで通りを駆け始めた。猫を見てびっくりしたのだ。母《ママン》の足は速すぎる。大声で叫びすぎる。わたしは追いかけるのをやめる。そしてうずくまる。猫の頭を両手でそっと抱え込む。自分の額を猫の額に押し付ける。

「ああ、わが友！」

猫はわたしの手に脚を載せる。

「ああ、わがベルベットの脚よ！」

82（フランソワ・ポントラン）

パリのサン＝イノサン教会墓地の墓掘り人だったフランソワ・ポントランは、三十年間勤め、九万百七の遺体を埋葬した。彼は、土をかける前に遺体を両腕に抱きかかえて土に埋めたほかにも、弔の帳簿を付け、鵞鳥ペンで死者一人ひとりの名をそこに記帳していた。陰鬱な人生というものがある。フランソワ・ポントランはスコップひとつと、わずかばかりの土地と、インク壺と一本のペン、ナイフと黄色の台帳を所有していた。彼自身は一五七二年に死んだ。誰とも知れぬ人の腕に抱かれ、誰ともいえぬ人の手でその名を記されて。

83　リール

夕刻ごろリールに着いた。二〇〇二年十月十日木曜のことだ。わたしは駅を出た。空は青かった。快晴だった。大通りを進んだ。サン＝モーリス教会の扉を押した。静寂と薄暗がりの中に進んだ。何が描かれているかよく見えない、瀝青質の大きく黒ずんだ絵画をわたしは眺めた。

目の前にいたナイロン製の青いエプロン姿の女性が、祭壇の蝋燭を吹き消した。

小聖堂まで進み、今度はパーム油のランプを吹き消した。

教会の入り口付近の側廊にある礼拝堂では、年齢もまばらな女性のグループが、ひとりずつ順にロザリオの祈りを朗唱し、静かに口ずさんでいた。

突然、若者の一群がカトリックの神々に罵声を浴びせながら、騒々しく教会の中に入ってきた。若者たちは雄叫びをあげながら、内陣まで一気に駆け抜けた。彼らはリール＝フランドル側の入り口から闖入していた。突進してきた。笑い声をあげていた。そして、中東のイスラム教の英雄の名を呼んでいた。

処女マリアに捧げる連禱が止んだ。老いた歌い手たちは身を寄せ合っていた。

愕然とさせるような叫び声がひとつに融合して、教会の身廊全体に響き渡った。叫び声はさらに大きくなった。彼らは音響を試していたのだ。それはまだ若い五人の少年たちで、肩や背中に学校カバンを背負っていた。

ひとりの信者の告解を聴いていたズボン姿の老司祭が、後方のガラス張りの扉を押して出てきた。白いウールの裏地のついたゴム靴をひっかけた彼は、タイル貼りの床をよろめきながら進んだ。彼らの元へと歩み寄り、しばらくの間静かに彼らと話し込んだ。そして、変声期の少年たちをいとも簡単に追い出した。若者たちは黙って、しかしながら不遜な態度で出て行った。彼らはまるでセーヌ河やヨンヌ川をさかのぼって、これからパリやヴェズレーを襲撃しようとするヴァイキングのようだった。シューシューと音を立てるゴム靴姿の老司祭が、最後の蝋燭を吹き消した。席を立つようにとわたしにも合図した。そして、わたしが外に出るや教会の扉が閉められた。わたしは歩き始めた。町中の方へと進んだ。わたしはもはやどの世界にも属していなかった。寄りかかれる場所もなかった。エスケルモワーズ通りの本屋でわたしを待つ人たちのいる、リールの街の薄闇の中をさまよった。自由が身を任せるまったき脆さこそ、自由の支払うべき代価である。誰の力にも依存しないのなら、どんな助けも期待できないだろう。この世に存在し続けるいくばくかの無神論者にとって、教会は、虚無と深遠さと沈黙と深淵を保持する唯一の貯蔵庫となっていた。

84　一五五二年のナポリ湾

ナポリ湾は当時、廃墟の上に建てられた城塞だった。ナポリはまだ村だった。幾人かの漁師が網を海に張っていた。農夫たちは凝灰岩の畑を掘り起こしていた。

その場面は一五五二年にさかのぼる。

入江に停泊中の小舟とガレー船、そして入江に入港する大型船の船舶を、ブラントーム〔フランスの軍人で回想録作家（一五四〇ごろ―一六一四）〕が一つひとつ名指していた。彼はまだティレニア海上を航行中だ。

埠頭では、深紅のビロードに身を包んだ三人の兵士が待機している。

ブラントームと船長がタラップを降りる。

ブラントームと船長は、黒い駿馬に繋がれた馬車に乗り込む。

85 （七人の漁師）

ヘルクラネウムに住む七人の漁師が、浜沿いの船置き場でガス中毒死した。

「文人とは、溺死人を数える人のこと」、と一六六一年、蒲松齢〔中国、清代の文人で『聊斎志異』の作者（一六四〇—一七一五）〕は記した。

一方で、空《から》の船の目録《リスト》。もう一方では、船の腰掛けにいない人の目録《リスト》。湖の名は洞庭湖。文人の名は**劉禹錫**〔中国、唐代の詩人（七七二—八四二）〕。

未知の事物を見るたびに、彼はそれを指さした。名もなく、識別可能な輪郭すらもたない事物にとって、彼は水脈占者のような存在だった。

ジヴェの港では、定位置に着く前にパンクした六艘の川舟が、土手に沿って長い隊列をなしていた。ウィーンのフロイトのアパートは空だった。医師免許を示すプレートと洋服掛け（襟巻きと一本の傘）だけが残されていた。待合室も空だった。他の部屋もすべて空っぽだった。国家社会主義党がやってきた。空になったフロイトのアパートの階下には、ボートと船舶の店があった。

二〇〇三年十一月十六日、ベルクガッセ十九番地のショーウインドーには、白い大きなボートと、深緑色をしたプラスチック製の三人乗り用カヌー一艘と、足踏みボートが陳列されていて、店の奥には青いラッカーで塗装された木製の美しい一艘の平定船があった。

86　カロンの小舟

それは小舟ではなかった。一艘の定期ボートだった。わたしたちは鉄製のタラップを登った。そして定期船に乗って島を後にした。船が揺れて彼女が怖がったので、わたしはその小さな手を握ってあげた。海は少しうねっていた。たくさんの波が立っていた。初秋のことだ。わたしたちは下船した。そして丘の坂を登った。青白い太陽の下でのウェルギリウス公園はとても美しく、公園には靄がかかっていた。芝生には人気もなく、草は青かった。完璧な静寂が支配していた。まるで人っ子ひとりいないかのようだった。女の子は喋らなかった。わたしは彼女を見失った。ふたたび彼女を見つけたとき、女の子は守衛の建物の角にいた。白いユリ科の植物が植えられた大きな花壇の前でうずくまっていたのだ。女の子は四つだった。彼女は枯れ葉を拾い集めては太ももの上に乗せ、手のひらでゆっくりと皺を伸ばしてから、枯れ葉を整理してビニール袋に入れていた。きちんと並んだ枯れ葉が詰め込まれたビニール袋は青く発色し、太陽の光の下で輝きを放っていた。わたしたち二人は長い間、バス停で待った。西側の山腹からヴェスヴィオ山へと登る道は、エルモの丘の上で長いループをいくつも描いていた。ウンベルト通りから一キロ離れた場所は駐車場になっていて、わたしたちはそこでバスを降りた。そして登山用の厚底の靴の紐を結んだ。女の子は灰に覆われた指先を擦っていた。地獄谷《ヴァレデリンフェルノ》へと続くアア溶岩の道をわたしたちは歩いた。その後、断崖を通って戻って来た。断崖の頂上にようやくたどり着いたとき、沖からの突風がわたしたちに向かって吹き付けた。断崖の頂上の空気は巨大で透んだひとつの波となり、一陣の突風を起こしながら空の中へ消え去った。空の青が人々の衣服を染めあげていた。必死に前屈みになっているわたしたち全員の洋服を空が青色に染め上げるその一方で、わたしたちはみな、眼下に遠く広がる砂浜と海、そして音も立てずに島に入ってくる船を眺めていた。黒い砂浜の上にぼろぼろと崩れ落ちる凝灰岩の絶壁の頂上から、わたしたちは身を屈めて眺めていたのだ。それは信じられないほどの美しさだった。

『静かな小舟』について――「解説」にかえて

小川美登里

連作〈最後の王国〉第六巻として刊行された本作が日本人の感性にひときわ響くのは、そのタイトルが喚起するイメージに負うところが大きいだろう。「小舟」に添えられた「静かな」という形容辞は、不在の中の存在、小舟を取り囲んでいるはずの広大な水面を想起させる。そもそもキニャール作品の核をなす要素のひとつであった水のモチーフに、たった一艘の小舟が加わるだけで、人生の隠喩として一気に胸にせまってくる。古代ギリシア神話にはカロンの渡し舟が、日本には葬頭川（三途の川）の渡しがあるように、漂泊の人生を終えたわれわれは、冥府への川を渡っていく。

水と舟という単純な組み合わせがこれほどまでに強烈な喚起力をもつのは、それがなによりも人間の前意識に由来するからである。少なくとも、本書の構成はそう主張しているようだ。冥途への舟旅（第八十六章「カロンの小舟」）で本書を締めくくった作者は、「乳飲み児たちを乗せた船」と題する逸話を本書冒頭に配した。こうして、誕生と死という人生の出発点と終着点が、同じく舟をモチーフとするひとつの旅として浮かびあがる。しかも、並外れた語源マニアでもあるキニャールは、ある単語の歴史を繙くことによって、深層心理に基づくイメージの変遷とその痕跡を明らかにしたのである。「霊柩車《コルビヤール》」というフランス語の単語の起源を調べていたある日、それが十七世紀にコルベイユ村の乳母とパリの実母のあいだをセーヌ河で往来していた赤子たちの運搬船「コルベイユ船」の名に由来することを、作家は偶然に発見する。遺体を運搬する乗り物である「霊柩車《コルビヤール》」というフランス語の根元には、サイレンの代わりに赤子たちの泣き声を響かせながら航行していた、もうひとつの運搬船のイメージが眠っていたのだ。数世紀かけて熟成されたひとつの言葉によって、人生の赤裸々な事実――人生が波まかせの漂泊にすぎないという事実――が開示される瞬間に立ち会った作家の驚きは、いかほどのものだったろう。それはまさしく、言葉狩りを自認する作者が、言葉の奥底に眠る真実を見出した瞬間でもあった。

嬰児は母の胎内を流れる薄暗い川を下り、狭いトンネルを抜けて、ある日、光に満ちた世界に生み落とされる。今しがた嬰児が下ってきた川には標も名前もなく、水源へと遡る路もない。嬰児自身もまた、名もなき遭難者、別世界から漂着した「生まれながらのよそ者」にすぎないのだ（第二章）。わたしたちは誰しも、名前と家族を得るまで名無しの孤児だった。それどころか、名前ですらこの世での借り物にすぎず、冥府ではなんの役にも立たない。本書を貫くこうした主張を照らし出すもうひとつの物語《コント》が、本書のほぼ中心に配された「マレの歌合戦」（第四十七章）である。今までキニャール作品が繰り返し描いてきた声のテーマが、ここでは水のイメージを介した嬰児殺しと起源喪失の物語として変奏されている。時代はふたたび十七世紀のフランス。毎年恒例のパリ・マレ地区での歌合戦には、変声期前の少年たちが集い、美しい歌声を競い合っていた。ある年のこと、変声期にさしかかった前年度の勝者マルスランは、ソプラノ・ヴォイスで観客を魅了したベルノンに敗北を喫する。嫉妬に狂ったマルスランは、人気のないセーヌ河の岸にベルノンを誘い出して殺害する。そしてベルノンの首を伐り落とし、残りを川へ投げ捨てる。一年後、岸辺から聞こえてくる歌声がマルスランの耳に届く。声に誘われて川べりを降りていくと、水面に浮かぶ一艘の小舟の下に、打ち棄てられ白骨と化したベルノンの頭蓋があり、あろうことかそれはこう歌っていた。「さまよい続ける間、僕の魂は歌い続けるだろう。海と結ばれた僕の身体に、僕の名が結ばれることはなかった。僕は死んではいない。ただ行方知れずなだけ」惨殺されたベルノンの身体は、嬰児を運んでパリへと戻って来る先述のコルベイユ船とは反対の方角、セーヌ河口を目指して海に合流し、やがては辺獄へと行き着くだろう。だが、この世に留め置かれた首なくして魂が救われることはなく、ベルノンは「喪失物」としてこの世の縁をさまよい続けるしかない。彼の魂が歌い上げるのは起源への郷愁であり、岸辺に忘れ去られた頭蓋が意味するのは、起源回帰の不可能性である。

舟に身を預けて前世からこの世へ、この世からあの世へと運ばれるのが人の運命なら、この世の生もまた、時間という水流の中の浮き草のごとき存在であろう。水のモチーフが喚起する移ろいや流出、通過や無常などといったイメージはすべて、人間存在の儚さを表現しているといっても過言ではない。キニャール自身はより直截な表現で次のように記している。

ふたつの王国の岸辺から遠く離れたわれわれの「実体」は、性的興奮を引き起こす開口部や、時間的未完遂の状態とあまり違わないものだろう。穴、口、目、肛門、耳、鼻腔――、人間は皆、こうした動物的な部位を通じて接触されるのに、人はこうした動物性から解放されたいと願っている。開口部はすべて未完遂の点である、と荘子は言った。人間たちは九つの体孔を地面と空に向けている、と書いたのも荘子だ。

（第二十章）

キニャールのイメージに寄り添うなら、時間という川の流れをたゆたいながら進んでゆく、九つの穴を持った皮袋のようなものが人間なのだ。なるほど、本書から遡ること四半世紀前に上梓され、ある女性の手記という体裁で書かれた『アプロネニア・アウイティアの柘植の板』という小説でも、類似の思想が見出される。ローマの世襲貴族出身者で、いまや老境にさしかかった主人公アプロネニアは、静かに迫る死の感覚を次の言葉で綴っていた。

　わたしの身体にある九つの孔が無意味に開いている。虚無へと繋がっている事実を孔たちはおそらく知っているのだろう。わたしの九つの孔は死の沈黙との対話を始めたのだ

（『アプロネニア・アウイティアの柘植の板』）

皮膚に穿たれた九つの孔——そのうちの三つ、鼻腔と口からはかつて生命が吹き込まれた——からは、知らぬ間に生命が消失し、死が闖入してくる。身体と外界とのこうした密やかな交流が時間を作り出すのなら（なぜなら誕生以前の世界にも、死後の世界にも時間は存在しないのだから）、実在とは、時間の持続の中で空間化した身体に一時与えられただけの特権なのかもしれない。事実、本書第五十四章でキニャールは次のように書いている。「古代において、非埋葬者《インセプルティ》たちは原義における「ユートピア」、すなわち自分の場所をもたない身体である。死んだ子どもたちは時代錯誤者《アナクロニー》、すなわち彼らの内部で時間が脱臼してしまった者たちだ」肉体を失ったあと、わたしたちもまた「ユートピア」、すなわち場所なき存在、ひとつの「影」となって時間をさまよう。

身体に穿たれた孔を時間が通過するように、人は誕生の扉を通ってこの世に現れ、死の扉を抜けてあの世へと消えゆく。前者の扉が開くのは一度きりで、通過したが最後、後戻りはできない。一方、もうひとつの扉に関しては、意識する以上に人はその扉を行き来しているというのがキニャールの主張であ

る。というのも、わたしたちはみずからの死（現実の死とそれに伴う身体の腐敗）を知り得ない分、想像力、あるいは睡眠や夢や無意識など、死に類似した状態をとおして日々、擬似体験しているからだ。フロイト流にこう言い換えることもできる。誕生の瞬間と同時に死への秒読みが始まるのだから、人はあらゆる手段を講じ、日々、来るべき死の瞬間を準備しているのだ、と。そう理解すれば、バロック時代を通じてもっとも美しい女《ひと》と謳われたラ・ヴァリオット夫人の死後、その頭蓋を保管し、毎晩その頭蓋に話しかけたという、アルマンティエール神父の奇妙な習慣も腑に落ちる（第十五章）。そもそもキリスト教世界における地獄や冥府の発明も、死がもたらす肉体の腐敗と、そのおぞましい帰結である無への回帰から目を逸らすための方策だったかもしれない。「最後の審判」ですら、キリスト教者にとってはおそらく、完璧な虚無（無生物の状態）に比べれば幾倍も人間的な最期に思えたであろう。

一、「メメント・モリ」と孤独

死をめぐる瞑想は「原初の孤独」、たったひとりでこの世に産み落とされ、名もなく、ただただ餓えと寒さの中で震えていた誕生時の状態へとわたしたちを連れ戻す。「人間の悲惨」を忘れさせてくれる社会活動一切を「娯楽《ディベルティスマン》」と名付けた、古典主義の思想家パスカルの言うように、わたしたちの日常を左右する社会活動はどれも、突き詰めて考えれば、人間に与えられた孤独を紛らわすための手段でしかない。キニャール自身も、こうした人間の根源的な孤独を七つの様態に分類して論じている（本書第二十二章）。第一の孤独は、光も射さず、時間もない薄暗い羊水の中でひとり成長した胎児の孤独である。キニャールによると、この原初の孤独が個人形成の核となり、人が社会生活を始めた後でもなお、孤独への郷愁を掻き立てる。なるほど、意識が宙吊りになる入眠時に、真っ暗な洞穴に落下するような感覚に襲われることがある。この第一の孤独の追想《レミニサンス》がほかならぬ第二の孤独の正体である。第三の孤独は、生きるための秘密を保持する孤独、すなわち性的な感情や行為に関わる孤独である。第四の孤独は、社会の中で一旦は犠牲にした孤独を再び取り戻すべく、社会を放棄し、信仰（瞑想、思惟、祈りなど）の形で脱服従を実践する際に必要とされる孤独である。同じく社会からの逸脱を目指すとはいえ、第五の孤独は読書という内的隠遁として特徴づけられる。六番目の孤独は、臨終の際に誰もが味わう断末魔の孤独。最後の第七の孤独は、ことばとともに生きる人間が言語を放棄する場合に関わる。夢や睡眠、鬱、祈りなど、先に挙げた孤独を包括するものの、キニャールがここで含意するのはよりラディカルな孤独の実践、すなわち話し言葉《パロール》を放棄して書く行為《エクリチュール》に没頭することで、社会にいながらにして脱服従を実践するという、作家独自の営みにつながる孤独のことである。

これら七つの孤独のうち、第二と第三の孤独は夢想とつながっている。孤独者たちは、夢の回転扉をとおして死者や喪失物と交流する。第四の孤独の例は、神の声を求めて砂漠を放浪したキリスト教隠者たちや、異教世界で神々の声を聞き取った民の姿に見出されるだろう。キニャールからすれば、『オデュッセイア』における有名なセイレーンの歌声もそうした例のひとつに含まれるのであるが、沈黙の虚空を打ち破って顕現するこうした声は、孤独のただ中に身を置いたときに初めて聞こえてくる内なる声、（社会の声でも、神の声でも、超自我の声でも、ましてや幻聴ですらない）存在の核をなす孤独の叫びというべきものである（第六十三章）。祈りと沈黙の先にあるのがこの「純粋な呼び声」なら、第四の孤独に身を捧げる者こそ究極的な無神論者ということになろう。

事実、無神論者と文人の関係にもキニャールは触れている（本書第六十六章）。作家の考える「文の人《レトレ》」とは、「文字《レトル》」をとおしてあらゆる事物や概念を解体し、ことばの遮断幕《スクリーン》の背後に隠された存在の核に向かって猛進する者のことだ。ことばと、ことばによって生み出された概念が構築した世界のヴェールを剥がし、一点の曇りなき真実の啓示を目指すという意味では、「文の人《レトレ》」も一種の無神論者である。ただし、そこに「真実なるもの」の獲得が賭けられていると考えるのは早計であろう。なぜならその場合、「文の人《レトレ》」の試みもまた、哲学者のように普遍的、つまり集団のための概念を翻訳する言語活動へとふたたび回収されてしまうからである。ことばの解体をとおして文人が目指すのはむしろ、孤独の実践の果てに完全な覚醒状態に至ることである。キニャール流に言い直せば次のようになる。社会を離れて、人間本来の姿に戻ること。主人の元を去り、暗がりでじっと死の迎えを待つ飼い猫のように、他人の視線の届かない場所で、完全な孤独をふたたび見出すこと。

　こうしたキニャールの思想が感傷や悲観主義と一切無関係であることを、あえて強調する必要などなかろう。作家がここで主張するのは、他人の視線や言語的コミュニケーションを放棄することで、より現実に近づくことができるという事実なのだ。沈黙と孤独という道を経て、人は苦しみや喜びの感情を一層強烈に感じるようになる。本書を含む連作〈最後の王国〉誕生の端緒となり、その後、連作第八巻に組み込まれた『秘められた生』という作品タイトルには、そうした真正な生への憧れが込められていると言っていい。

　本書では、先の七つの孤独に捧げられた物語が数多く描かれているが、そのいずれも身を焦がすほどに鮮烈でありながら、一切の説明や言い換え《パラフラーズ》を拒否するような気迫に満ちている。たとえば、本書二十三章に登場する、第三の孤独に魅了されたド・ホルノック伯爵夫人の物語。伯爵夫人は、アントワープの町の名士を招待しての冬至の祝宴の準備中、ドレスの胸飾りのプリーツ折りに失敗した縫い子に腹を立て、逆上して彼女を死に至らしめるほど激しい気性の持ち主であった。そこに現れたのが謎の仕立屋ド・ヘル氏（短編「舌の先まで出かかった名前」（『謎』所収）において、ド・ヘル氏は地獄の使者として登場する）で、彼は床に倒れていた縫い子を蘇生させただけでなく、一瞬にして伯爵夫人のひだ襟を見事に縫い上げてしまう。さて、祝宴が始まり、町の名士たちは次々と伯爵夫人にダンスを申し込む。

だが、夜が深まり、宴が進むにつれて、美しく飾られたひだ襟が伯爵夫人の首を締めつけ始め、それに応じてステップを踏むドレスの下に隠された夫人の性器の唇が少しずつ緩み、あろうことかそこから体液が流れ始める。漏れ出た液体は少しずつ床に落ち、ダンスする伯爵夫人の後を追うかのように床に染みを残す。恥ずべき性の孤独の徴として。一九九〇年に出版され、古代ローマの修辞家ラトロの生涯を描いた『理性』という作品ですでにキニャールは、体内から分泌された液体を生の痕跡、謎めいた神秘の文字として描いていた。魂にもっとも近い文字《レトル》。それこそが文字以前の痕跡、解読不可能な究極のエクリチュールであるかのような、秘密のことば。

二、「自」へいたるための自死のテーマ

社会はおろか、誕生にも先んずる人間の属性であるという点において、キニャールにとって孤独は人間の本質であり、声高に擁護すべきものである（第二十二章）。作家が孤独を重視する理由のひとつには、それをまるで病理か悪かのようにみなす現代社会への違和感があるのだろう。事実、フランスの情報サイト、メディアパルトへのインタビューでは、いわゆる宗教的寛容なるものが非宗教的なもの一切の排除の上に成立している点に疑問を投げかけ、徹底した非宗教性だけが自由な態度を保証し、あらゆる幻惑から人を解き放ち、みずからの運命を決断させると説く作家の言葉を聞くことができる。本書ではさらに一歩踏み込んだ主張、すなわち自己決定の究極の可能性としての自死をめぐる議論が展開されている。ただし、ここで留意すべきは、自殺という、いまや世界中で問題となっている社会現象をいたずらに作家が肯定しているわけではないという事実である。彼の真意を代弁すれば、みずからが下した決断について、個人が自分以外の何人に対しても釈明する責任を負う必要はないという基本的な権利すら蹂躙されかねない、現代社会の危うさこそが問題なのだ。だから、個人がみずからの運命を決断する

究極の例としての自死が、あえて俎上に乗せられたのである。自死をめぐる現代の通念を普遍的事実から切り離すために、まず歴史的視点が導入される。たとえば、奴隷制が敷かれていた古代ローマでは、あらゆる隷属状態からの自由が究極の権利とみなされていた。そこには無論「生を与えられると同時に、生から解放される」可能性も含まれていた（第二十七章）。ところがいまや、キリスト教世界を引き継いで、個人の権利を第一に謳う民主主義ですら（独裁政治であればなお一層強固に）、自死を否定する。「自由意志による死は、人間がもつ恒常的な可能性であり、常に手の届くところにあって苦悩への最初の救いとなりうるもの、そして、集団を放棄し、時間の流れを断ち切るための常に自由な瞬間の断片でもある」（第二十九章）という認識は、現代においてもはやなきに等しいといえる。にもかかわらず、作家があえて執心するのは、こうした自由を行使せざるを得ない事態を彼自身がかつて身をもって体験したからだ。生後十八ヶ月で患った拒食症のことである。第二十九章では、キニャール独自の瞭然な表現を介して、拒食症が自死の一形態として認知される（「心的同一性をいまだもたず、身体的にも自立していない乳児は、自分の手でみずからの命を奪うことはできない。だが、精神の瓦解に身を任せ、拒食症に身を委ねることはできる」）。あらゆる人間——赤子ですら例外ではない——に自死の権利が与えられるべきだという、作家の揺るがぬ主張がこの文章から伝わってくる。

たとえ自死を人間の究極の権利とみなした場合であれ、死そのものを目的に置くのではなく、自死という言葉に内包された「自」に到達することの方がむしろ重要である、とキニャールは断言する。ここで言う「自」とは、アメリカの児童分析家ドナルド・ウィニコットが提唱した「セルフ」の概念、すなわち人間存在の内奥に眠る原初的な自己性への回帰を指している。言語以前の自己性、「かつて母であった容器への」「死の危険をともなうほどの」忘我を希求する、重大で反社会的なこの自己性こそが「自」の正体である。仮にそうであるなら、「原初の孤独」とは、自己性へと向かう求心的な遡求運動に頼ってすら母胎との邂逅を果たせないという、根源的な挫折によってもたらされた感情の言い換えと言ってもよいだろう。

さらに、自死は「本物の自分《セルフ》を消失から救うために、偽の自分《セルフ》を滅ぼそうとするパニックの中で起こる破壊行為」(第二十九章)としても定義される。この場合、「偽の自分《セルフ》」とは、数々の同一化や投射を通じて作り出された自我を指している。そこから「自殺願望は言語習得を前提とする」(第二十九章)という驚くべき結論が導かれる。なぜなら、ことばによって捏造された「自己」という名の構築物(「私」という一人称使用を端緒として、主体の幻想が生まれるというのがキニャールの考えである)が、逆説的にもそれ以前の自己性――同一性も基盤もなく、不安定で不安に満ちた名もなき存在者――に対する意識を芽生えさせるからである。だが、ひとたび言語を習得した人間が、理性や意識の届かぬ身体の内奥で黙する本当の自分と邂逅するのは、皮肉にも死の瞬間でしかなく、死を介して初めて「私」と「自」はひとつに融合する。

以上のように、キニャールの自死観が人間の究極の自由を証左することは疑いえない。だが、多少なりとも人生を享受し続けている者にとってみれば、自死の権利を否認しないまでも、誰もがそうした究極的自由の実現を願っているわけではないし、むしろそうした考えの方が一般的であろう。そうなると、ここでいう自死の権利を西洋における「死を想え《メメント・モリ》」、あるいは仏教の悟りのようなものとして理解すべきかもしれない。いずれにせよ、重要なのは「ひとりで生きることができると意識する、自己の自由」(第三十一章)をわたしたち一人ひとりが日々意識することではないだろうか。野生の呼び声に答え、いつでも群を離れる自由を自分自身に与えよ、という作家の呼びかけが耳元に聞こえそうだ。ときには動物に倣い、野獣の振る舞いを人間の究極の手本とみなす謙虚さと精神の自由を持つことこそ、現代のわれわれに欠けていることなのかもしれない。

三、死の想像力

人はみずからの死を知ることはできない。だがその一方で、先史以降、厳しい冬の季節を生き延びる術を得た人類は、冬が訪れるたびに死を疑似的に経験してきたともいえる。そこから、想像力に訴えて死をイメージする能力に加えて、季節の巡りと循環を繰り返す自然を手本としながら、みずからに与えられた時間——誕生がもたらした命を今度は死によって突然奪われるという、人間固有の線状的で中途半端な時間——を拡張し、創造する能力を人類は獲得した。古代神話に頻出する冥府下りの逸話、英雄たちが冥界へと下った後に新たな力を得て帰還するという物語は、そうした想像力の賜物であろう。こうした神話はどれも、脱連帯（集団から離れて死者の国へと赴くこと）と脱共時（古い時間の流れを断ち切って、新しい時間を呼び寄せること）の必要性を示している。死の不可知性を一種のアポリアとして教義の中心に据えるキリスト教では、パウロによって復活が、アウグスティヌスによって神の国が創造された。また、カラヴァッジョやジョルジュ・ラトゥールなどのバロック期を代表する画家たちは、テネブリズムと呼ばれる手法を編み出し、闇の世界に照らし出された事物を描いた。これらの創造物はみな、死という予測不可能な瞬間を恐怖によって覆い隠すことはせず、反対に、その不可知の時を起点とし、精神と想像力の跳躍によって未知の時間を切り開いた結果の産物だといえる。そうであるなら、「死を想え《メメント・モリ》」以上にここで必要とされるのは、プラトンのいう「死の練習《プラクティキ・トウ・タナトウ》」のようなもの、あるいは、本書で「およそ人間業とは思えぬ、〔時間への〕不思議な接木」と作家が評する、アリストテレスによる「勇気」と言い換えてよいだろう（第五十四章）。勇気がその真価を発揮するのは、わたしたちの生を紡ぎ出す時間を引き延ばす場合ではなく、その勇気が必要とされる瞬間、つまり死が迫り来る瞬間に、死の向こう側へと前進する気力を持続させるときである。偶然に訪れるがゆえに受け入れるしかない死に「致命的な一撃」を与え、完遂へと導く意思こそ、勇気の本質なのだ。そうであるなら、次のように解釈することも可能だろう。つまり、勇気とは、時間のただなかで時間を乗り越えようとする運動、せまり来る死に対して能動的に死を完成に導こうと欲するエネルギーなのだ。そのとき、誕生以来ずっと、綻んだ皮袋の舟に揺られていた魂は、舟を運ぶ時間の緩慢な流れに方向性を与え、みずから時間の弓矢へと変貌する。時間の矢とひとつになった魂は、死の影に縁取られた獲物めがけて跳躍する。突然の中断としてあらわれる偶然の死を出来事へと変え、時間に運命を接木し、生の新たな局面を創出する勇気はゆえに、自死とは異なる選択肢をもたらす。勇気を味方につける者は、時間の性質を変容させることができる。そのとき、時間は狩人が獲物に襲いかかるまでの待機、死への間隙、濃密で緊張感に溢れた「間」に変わる。

想像力に属するこの「間」をどう生きるかは、完全に個人の自由に委ねられている。本書では、みずから運命を定めたある男の物語がひとつの寓話として登場する（第三十八章）。古代ローマの造営官ウェルナトゥスは、ある日、かつて戦場で相まみえたガイウス・ヒエロの死を伝え聞く。周囲の予想とは裏腹に、宿敵の死はウェルナトゥスを安堵させるどころか、悔恨の情で満たす。それまでの人生を支え続けていた、宿敵への憎しみと尊敬の情が行き場を見失ってしまったからだ。ヒエロへの想いを諦め、家族との静かな生活を続けることもできたはずだ。だが、ウェルナトゥスはたったひとり戦いの準備を整え、ヒエロが葬られた場所まで赴き、いまや影となった戦友が眠る場所でみずからの生涯を終える決意をする。キニャールはこの寓話を「麗しき憎しみ」と名付けたが、それはウェルナトゥスを突き動かした勇気の動因、たとえそれが憎しみであれ、みずからに忠実であろうと望んだ主人公が従い、ついには彼自身の生の支えとなった感情の尊さに想いを寄せてのことだろう。

四、すべては開かれている

本書『静かな小舟』の直後に着手され、二〇一一年に上梓された小説『約束のない絆』をめぐって書かれたエッセー『猫とロバの組曲』（*La suite des chats et des ânes*, 2011）で、作家は時間を次のように定義した。

〈時間〉とは、〈存在〉の基底部にあって、感知することの難しい存在である。感知することが困難かつ稀な存在。時間から派生して時間の内部に現れ出るあらゆる存在にそれは先行し、流れの中を通過する。その出現はほとんど永遠だ。（p. 125）

人間も含むあらゆる存在の内部にありながら、それらすべての生みの親でもある時間を感知するのは極めて難しいと断定するその一方で、そうした時間が可視化される稀有な例にもキニャールは触れている。嵐という自然現象をとおして、人は時間を広がりとしてではなく強度、つまり純粋な贈与として感知するのだと言う。「疑いようもなく、嵐の中では、生の起源にある何かが、脊髄動物が触れることすら叶わぬ起源を秘めた星々すべてを味方につけながら、みずからを捧げようとする」（同頁）。他人にそれを見せようとする意図をまったく持たず、ただひたすら自己の純粋な贈与と消費を完遂しながら、自己蕩尽の恐るべきエネルギーをひとつの圧倒的な光景、戦慄的な美として表出するのが嵐なのだ。キニャール自身、小説の中で数多くの嵐を描いているが、『静かな小舟』にも嵐にまつわる章が書かれている。本書に登場する最後の物語《コント》、「老齢の嵐」である（第七十八章）。『伊勢集』の作者である女流歌人伊勢（伊勢の守の娘）と藤原仲平との悲恋を土台としたこの物語《コント》には、キニャールの手によって大胆な改変が加えられ、オリジナルとは似て非なる物語へと生まれ変わっている。原典である『伊勢集』の冒頭部分に置かれ、一般に「伊勢日記」と称される物語部から読み取れる歌人伊勢の人生は、仲平との恋が破綻したあとも、仲平の弟であった平中からの求愛や、宇多天皇との関係など、けっして無味乾燥とはいえないものだ（秋山虔著、『伊勢』（王朝の歌人五、集英社、一九八五年）を参照した）。だが、「老齢の嵐」でキニャールは、伊勢をたったひとつの恋に殉じた女性として描く。伊勢の守の娘と藤原仲平は熱烈な恋に落ちたものの、長くは続かず、仲平は伊勢の守の娘を捨て、政略結婚で妻を迎える。捨てられた伊勢の守の娘は、恋情を諦めきれぬまま、恋人の裏切りに苦しみ、内から湧き上がる感情に身を任せる（ギリシア悲劇の主人公メデイアのように）。仲平の方でも伊勢への想いを断ち切ることができず、文を送り続け、逢瀬を要求する。だが、伊勢の守の娘は公の申し出を頑なに拒み続ける。みずからの愛の感情に忠実であるがゆえに一層、彼女は心変わりしたかつての恋人を受け入れることができない。こうして、伊勢の守の娘は、恋人の誘惑（和歌）には一切耳を貸さず、愛の嵐となって燃え尽きるみずからの運命を貫く。元恋人たちのすれ違いはふたりが老齢に達するまで続くが、伊勢の守の娘が仲平に向けて最後に書きとらせた言葉が印象的だ。「わたくしはあなたをこの腕に抱くことはできません。なぜなら、わたくしはもう嵐でしかないからです。老齢の嵐でしか――」（第七十八章）。中世の歌人伊勢の残した和歌はいずれも、たえざる湧出と消費に身を捧げ、時間の弓矢となって生きた彼女の人生を映し出している。のちに古橋の同義となった「長柄の橋」の句を伊勢が詠んだとき、彼女自身もまた、荒れ狂う時間の嵐を耐え忍ぶ一本の橋となって震えていたのだ。身を焦がす真実の愛と時間の嵐の中で記されたからこそ、伊勢の歌は今もその輝きを失わず、読者の心を波立たせ、感動させるのであろう。

ところで、既存の物語を自家薬籠中のものとするキニャールの手法は、ここでも精彩を放っている。「老齢の嵐」の冒頭にたった一行（「一八三八年、エミリーは手帳に英語でこう記した。「ブロンテはギリシア語で嵐の意味だ」）を加えることで、時間がたちまちショートを起こし、中世の歌人伊勢と、十九世紀イギリスの女流小説家で『嵐が丘』の著者エミリー・ブロンテとが重なり合う。そしてそのとき、伊勢の伝記を語るよりはむしろ、伊勢という歌人の姿をとおして、時間の創造を生業とする作家の肖像を描くことがキニャールの意図であったことに、読者は気づくのである。

作家とは何か。人間とは何か。〈最後の王国〉第七巻、『落馬する人々』第四十二章において、作家キニャールは、『変身譚』の著者でオウィディウスの次の文章を引用していた。「有限ならざるもの、つまりそれ自身も無限の変容である自然のただなかで、無限の変容過程にあるひとつの種に属するものとして、人間はみなされねばならない」（『落馬する人々』、小川美登里訳、水声社、二〇一八年、一二〇頁）。そもそも有限な生しか持たないとはいえ、想像力によって無限に時間を拡張する可能性を得た人間は、いまや時間と同じように、変容の只中を生きる存在となった。みずから嵐となって人々の胸を打つ作品を世に残したブロンテや伊勢のように、人はあらゆるものに変容する潜在力を有している。オウィディウスに従えば、人間はいまだ最終形態をもたない種なのだから。変容の可能性を飽かず探求し続ける欲望が創造行為を支えるエネルギーである理由もまた、そこに見出されるだろう。事実、二〇〇六年に上梓された小説『アマリア荘』（*Villa Amalia*）以降の、キニャールの小説家としての関心が、未決定の人間の可能性を描くことに向けられていると言っても過言ではない。本書『静かな小舟』の直後に執筆された小説『約束のない絆』の主人公クレールのモデルはなんと、光や風と一体になって野原を駆け巡り、最後には時間になって生きる猫の姿だという（『約束のない絆』の草稿のサブタイトルに「小説はどこに向かうのか」と書かれていた事実からも、作家の探求が新しい小説、すなわち新しい人間像を提示するにふさわしい、新しい形の小説を描く方向に向かっていたことがわかるだろう）。また、本稿冒頭で触れた水のモチーフに戻るなら、『アマリア荘』と『約束のない絆』の両作品においても、水は主人公に関わる重要なテーマに結びついている。『アマリア荘』の主人公アンも、『約束のない絆』の主人公クレールも、海の中へと頻繁に身を投じ、水との接触を通じて、新しい生き方を見いだす。あたかも水面が彼女らにとっては別世界への扉であるかのように、ヒロインたちは嬉々として海へと跳躍するのだ。こうした描写は、古くからのキニャール読者にとっては驚きでしかなく、それ自体、大きな変化を示唆している。というのも、『ヴュルテンベルクのサロン』や『シャンボールの階段』などの初期作品では、主人公の近親者が溺死した過去が強調され、それが物語に暗い影を投じていたからである。そう考えると、キニャール作品における水のモチーフは劇的に進化したと言わざるをえない。胎児として生きた第一の王国での暗い水のイメージに長い間囚われていた作家パスカル・キニャールは、いまや水の中に新しい光の源を見出した。それとともに、水の隠喩《メタファー》についても、死やメランコリーに限定されることなく、運動そのもの、イメージの呪縛からもさえも逃れた自由の世界そのものを意味するようになった。今後、純粋な運動体としての人間をキニャールがどう描くのか、次の作品が楽しみでならない。

訳者あとがき

本書はPascal Quignard, *La barque silencieuse, Dernier Royaume* VI, Éditions du Seuil, 2009の全訳である。二重のタイトルからも分かるとおり、本書は〈最後の王国〉と題された未完の連作の第六巻に当たる。連作第一巻『さまよえる影たち』刊行が二〇〇二年であるから、間に小説やエッセーなどの刊行を挟みながら、およそ毎年一巻のペースで発表されていると言える。ちなみに本国フランスでは、この九月に第十巻『インゴルシュタットの子ども』が刊行された。作家の創作活動の核をなす重要な作品が、この〈最後の王国〉シリーズなのである。

ところで、初めて〈最後の王国〉シリーズに触れる読者は、その型破りなスタイルと、領域横断的で破格な知性のあり方に衝撃を受けることだろう。作家パスカル・キニャールをなす土台は膨大な読書である。その射程は古代から現代までの古今東西を内包し、その興味は人文学のあらゆる領域を網羅している。大学で哲学を修め、古代・中世の西洋文学について教鞭を取った経験ももつキニャールにとって、哲学や文学といった範疇分けは人為的なものにすぎず、言語を媒介とする限りにおいてすべては地続きであり、同じレベルで語るべきものとなる。寓話や小説が哲学的思索と並置され、現代社会をめぐる省察に古代の挿話が介入するなど、自由で縦横無尽な筆運びが作家のスタイルであり、人類の知の遺産に序列や階級を設けないその態度は、この世のどこにも存在しないこの〈最後の王国〉の真に民主的なあり方を反映しているともいえる。

〈最後の王国〉シリーズの読者にとってのもうひとつの醍醐味は、過去の作家たち、とりわけわれわれの知らない作家たちに新しく出会えることだろう。キニャール自身も主張するとおり、〈最後の王国〉は喪失物や失われた者に捧げられた書物である。文人であり稀代の読書人キニャールを執筆へと掻き立てる動機は、歴史から抜け落ちてしまった人物や、作品として残された生の痕跡を忘却や無関心から救い出そうとする強い意志にほかならない。しかも、それらを過去の遺物として提示するのではなく、作家の視線を介した、いわば刷新された姿で読者に提供するのである。われわれ読者と時代を共有する作家の感性を介して蘇った過去の人物や作品たちは、驚くほどわれわれに近い存在となって現れるだけではなく、まるで気のおけない対話者であるかのように語りかけてくる。こうして、わたしたち読者もまた、知らず知らずのうちに時空間を旅する旅人になるのである。

こうした本書の性質上、今回も多くの方々のご助力を得て、翻訳を仕上げることができた。「パスカル・キニャール・コレクション」を通じてギリシア語およびラテン語の監修を引き受けてくださっている東京大学の日向太郎先生には、本書でも大変お世話になった。筑波大学の同僚である吉森佳奈子先生には、歌人伊勢の作品や伝記についてのアドヴァイスをいただいた。同じく筑波大学のリサーチ・アシスタント制度の助成を受けて注の作成を手伝ってくれたのは、若き大学院生でクロソウスキー専門家の後庵野一樹君である。

最後になるが、今年五月、久しぶりのキニャール氏来日を受けて、東京大学で行われたイベントにご登壇された日本文学者の田村隆先生から、以前の翻訳で最後の最後まで謎として残った「オオエ」なる人物についていて御啓示いただいたことにも感謝したい。「オオエ」とは、〈最後の王国〉第一巻、『さまよえる影たち』の第五十章で言及されていた名で、苗字だけがアルファベットで記されていたため、同定することが困難だった人物である。田村先生は、「オオエ」という苗字と「ナルミ」というもうひとつの単語を唯一の手がかりとして、いとも簡単に、寛弘九年生まれの中世の漢学者で歌人だった大江匡衡の名と、鳴海潟を詠んだ句を言い当てたのである（「故郷は日を経て遠くなるみ潟いそぐ潮干の道ぞすくなき」）。田村先生のご教養に驚くと同時に、遠い異国の中世の歌人の和歌にさりげなく触れるキニャール氏の読書量にも驚嘆した次第である。

まだまだ道半ばではあるが、「パスカル・キニャール・コレクション」の刊行を近くから、そして遠くから見守ってくださる水声社の神社美江氏とパスカル・キニャール氏に深い感謝を捧げたい。

小川美登里

訳者について——

小川美登里（おがわみどり）　一九六七年、岐阜県に生まれる。現在、筑波大学人文社会系准教授（専攻、フランス現代文学）。ジェンダー研究、音楽、絵画、文学などにも関心をもつ。主な著書に、*La Musique dans l'œuvre littéraire de Marguerite Duras*（L'Harmattan, 2002）, *Voix, musique, altérité : Duras, Quignard, Butor*（L'Harmattan, 2010）, Midori OGAWA & Christian DOUMET (dir.), *Pascal Quignard, La littérature à son Orient*（Presses Universitaires de Vincennes, 2015）, *Dictionnaire sauvage, Pascal Quignard*（collectif, Hermann, 2016）などがある。

Cet ouvrage a bénéficié du soutien des Programmes d'aide à la publication de l'Institut français.

本書は、アンスティチュ・フランセ・パリ本部の出版助成プログラムの助成を受けています。

パスカル・キニャール・コレクション

静かな小舟〈最後の王国6〉

二〇一八年一二月二〇日第一版第一刷印刷　二〇一九年一月一五日第一版第一刷発行

著者――パスカル・キニャール

訳者――小川美登里

装幀者――滝澤和子

発行者――鈴木宏

発行所――株式会社水声社
東京都文京区小石川二―七―五　郵便番号一一二―〇〇〇二
電話〇三―三八一八―六〇四〇　FAX〇三―三八一八―二四三七
【編集部】横浜市港北区新吉田東一―七七―一七　郵便番号二二三―〇〇五八
電話〇四五―七一七―五三五六　FAX〇四五―七一七―五三五七
郵便振替〇〇一八〇―四―六五四一〇〇
URL : http://www.suiseisha.net

印刷・製本――モリモト印刷

ISBN978-4-8010-0227-2